Bedrooms Have Windows

新編賈氏妙探

之12 都是勾搭惹的禍

賈德諾 Erle Stanley Gardner 著　周辛南 譯

目錄
Contents

Bedrooms Have Windows

出版序言

關於「妙探奇案系列」

當代美國偵探小說的大師，毫無疑問，應屬以「梅森探案」系列轟動了世界文壇的賈德諾（E. Stanley Gardner）最具代表性。但事實上，「梅森探案」並不是賈氏最引以為傲的作品，因為賈氏本人曾一再強調：「妙探奇案系列」才是他以神來之筆創作的偵探小說巔峰成果。「妙探奇案系列」中的男女主角賴唐諾與柯白莎，委實是妙不可言的人物，極具趣味感、現代感與人性色彩；而每一本故事又都高潮迭起，絲絲入扣，讓人讀來愛不忍釋，堪稱是別開生面的偵探傑作。

任何人只要讀了「妙探奇案」系列其中的一本，無不急於想要找其他各本，以求得窺全貌。這不僅因為作者在每一本中都有出神入化的情節推演，而且也因為書中主角賴唐諾與柯白莎是如此可愛的人物，使人無法不把他們當作知心的、親近的朋友。「梅森探案」共有八十五部，篇幅浩繁，忙碌的現代讀者未必有暇遍覽全集。而「妙探奇案系列」共為廿九部，再加一部偵探創作，恰可構成一個完整而又連貫的「小全集」。每一部故事獨立，佈局迴異；但人物性格卻鮮明生動，層層發展，是最適合現代讀者品味的一個偵探系列。雖然，由於賈氏作品的背景係二次大戰後的美國，與當今年代已略有時間差異；但透過這一系列，讀者仍將猶如置身美國社會，飽覽美國的風土人情。

本社這次推出的「妙探奇案系列」，是依照撰寫的順序，有計劃的將賈氏廿九本作品全部出版，並加入一部偵探創作，目的在展示本系列的完整性與發展性。全系列包括：

①來勢洶洶 ②險中取勝 ③黃金的秘密 ④拉斯維加，錢來了 ⑤一翻兩瞪眼 ⑥變！失蹤的女人 ⑦變色的色誘 ⑧黑夜中的貓群 ⑨約會的老地方 ⑩鑽石的殺機 ⑪給她點毒藥吃 ⑫都是勾搭惹的禍 ⑬億萬富翁的歧途 ⑭女人等不及了 ⑮曲線美與痴情郎 ⑯欺人太甚 ⑰見不得人的隱私 ⑱探險家的嬌妻 ⑲富貴險中求 ⑳女人豈是好惹的 ㉑寂寞的單身漢 ㉒躲在暗處的女人 ㉓財色之間 ㉔女秘書的秘密 ㉕老千計，狀元才 ㉖金屋藏嬌的煩惱 ㉗迷人的寡婦 ㉘巨款的誘惑 ㉙逼出來的真相 ㉚最後一張牌。

本系列作品的譯者周辛南為國內知名的醫師，業餘興趣是閱讀與蒐集各國文壇上高水準的偵探作品，對賈德諾的著作尤其鑽研深入，推崇備至。他的譯文生動活潑，俏皮切景，使人讀來猶如親歷其境，忍俊不禁，一掃既往偵探小說給人的冗長、沉悶之感。因此，名著名譯，交互輝映，給讀者帶來莫大的喜悅！

譯序

美國有史以來最好的偵探小說

周辛南

賈氏「妙探奇案系列」，（Bertha Cool—Donald Lamm Mystery）第一部《來勢洶洶》在美國出版的時候，作者用的筆名是「費爾」（A. A. Fair）。幾個月之後，引起了美國律師界、司法界極大的震動。因為作者大膽的在小說裡寫出了一個方法，顯示美國人在現行的美國法律下，可以在謀殺一個人之後，利用法律上的漏洞，使司法人員對他無計可施，只好讓他逍遙法外。

於是「妙探奇案系列」轟動了美國的出版界、讀書界和法律界，到處有人打聽這個「費爾」究竟是何方神聖？

作者終於曝光了，原來「費爾」就是名作家賈德諾的另一個筆名。史丹利．賈德諾（Erle Stanley Gardner）是美國當代最著名的作家之一。他本身是法學院畢業的律師，早期執業於舊金山，曾立志為在美國的少數民族作法律辯護，包括較早期的中國移民在內。律師生涯平淡無奇，倒是發表了幾篇以法律為背景的偵探短篇頗受歡迎。於是改寫長篇偵探推理小說，創造了一個五、六十年來全國家喻戶曉，全世界一半以上國家有譯本的主角——梅森律師。

由於「梅森探案」的成功，賈德諾索性放棄律師工作，專心寫作，終於成為美國有史以來第一個最出名的偵探推理作家，著作等身，已出版的一百多部小說，估計售出七億多冊，為他自己帶來巨大的財富，也給全世界喜好偵探、推理的讀者帶來無限樂趣。

賈德諾與英國最著名的偵探推理作家阿嘉沙．克莉絲蒂是同時代人物，都活到七十多歲，都是學有專長，一般常識非常豐富的專業偵探推理小說家。

賈德諾因為本身是律師，精通法律。當辯護律師的幾年又使他對法庭技巧嫻熟，所以除了早期的短篇小說外，他的長篇小說分為三個系列：

一、以律師派瑞．梅森為主角的「梅森探案」；

二、以地方檢察官Doug Selby為主角的「DA系列」；

三、以私家偵探柯白莎和賴唐諾為主角的「妙探奇案系列」；

以上三個系列中以地方檢察官為主角的共有九部。以私家偵探為主角的有二十九部，梅森探案有八十五部，其中三部為短篇。

梅森律師對美國人影響很大，有如當年英國的福爾摩斯。「梅森探案」的電視影集，台灣曾上過晚間電視節目，由「輪椅神探」同一主角演派瑞．梅森。

研究賈德諾著作過程中，任何人都會覺得應該先介紹他的「妙探奇案系列」。讀者只要看上其中一本，無不急於找第二本來看，書中的主角是如此的活躍於紙上，印在每個讀者的心裡。每一部都是作者精心的佈局，根本不用科學儀器、秘密武器，但緊張處令人透不過氣來，全靠主角賴唐諾出奇好頭腦的推理能力，層層分析。而且，這個系列不像某些懸疑小說，線索很多，疑犯很多，讀者早已知道最不可能的人才是壞人，以致看到最後一章時，反而沒有興趣去看他長篇的解釋了。

美國書評家說：「賈德諾所創造的妙探奇案系列，是美國有史以來最好的偵探小說。單就一件事就十分難得——柯白莎和賴唐諾真是絕配！」

他們絕不是俊男美女配：

柯白莎：女，六十餘歲，一百六十五磅，依賴唐諾形容她像一捆用來做籬笆，帶刺的鐵絲網。

賴唐諾：不像想像中私家偵探體型，柯白莎說他掉在水裡撈起來，連衣服帶水不到一百三十磅。洛杉磯總局兇殺組宓警官叫他小不點。柯白莎叫法不同，她常說：「這小雜種沒有別的，他可真有頭腦。」

他們絕不是紳士淑女配：

柯白莎一點沒有淑女樣，她不講究衣著，講究舒服。她不在乎別人怎麼說，我行我素，也不在乎體重，不能不吃。她說話的時候離開淑女更遠，奇怪的詞彙層出不窮，會令淑女嚇一跳。她經常的口頭禪是：「她奶奶的。」

賴唐諾是法學院畢業，不務正業做私家偵探。靠精通法律常識，老在法律邊緣薄冰上溜來溜去。溜得合夥人怕怕，警察恨恨。他的優點是從不說謊，對當事人永遠忠心。

他們也不是志同道合的配合，白莎一直對賴唐諾恨得牙癢癢的。

他們很多地方看法是完全相反的，例如對經濟金錢的看法，對女人——尤其美女的看法，對女秘書的看法——

但是他們還是絕配！

賈氏「妙探奇案系列」，為筆者在美多年收集，並窮三年時間全部譯出，全套共三十冊，希望能讓喜歡推理小說的讀者看個過癮。

第一章　男伴

她是小巧玲瓏的一包炸藥。是袖珍號的維納斯。胸高，腰細，股圓，大而褐色的眼，太妃糖色的頭髮。體重不會超過一百磅，但她是完美的。目前像一隻生氣的大黃蜂，站在那裡，非常吸引別人的注意。

主持這個雞尾酒廊的男人，很小心、有耐心地在向她解釋。

像她那樣小巧，但十分完美的女人，要是給製造「國民車」的老闆看到，一定會請她去做電視廣告或拍廣告海報。她也可以去做空姐，乘客絕不會抱怨空中伙食差勁。

兩隻大眼現在有點冒火：「你以為我是什麼，阻街的？」

「不是這樣，小姐。」雞尾酒廊經理向她保證：「上面有規定，也是政府的政策，女士假如沒有男生陪伴，是不可以進來的。」

「你真令人討厭。」她說：「我聽到過這種話不知多少次，我都討厭再聽了。別家還不是也有這個規定，但是還不是都可以進去。」

經理一面說話，一面在移動。他的手掌恭敬地托著小姐的手肘。現在她已站在旅社的大廳裏了。看到自己能平安地把單身小姐請出酒廊，經理鬆口氣。他現在可以不必受她的氣了，所以他也不準備再甩她了，他衹是鞠了一個躬，轉身，儘快地離開。

她站在旅社的大廳裏，生著氣，但是還未決定下一步該怎麼做。

我兩隻手張著一份報紙，是因為聽到聲音所以看向她的。她生氣靈活的眼珠現在瞟向我的方向。

我趕快假裝翻報紙，但是動作不快。她的眼光看到了我的，她好好的看了我一下，才移開不看我。

她臉上現出在考慮的樣子。

我把報紙摺疊起來。

她向我正對面的一張大沙發一坐，我看得出她準備向我做較長時間的觀察。我開始閱讀摺疊起來的報紙，但是用眼睛餘光看到她，她的確是目不轉睛在看我。我把報紙放下，她趕快把眼光移開，把二膝交叉起來。

我有禮貌，環顧四周，順便再看她一眼。

突然，她把眼睛看向我，把下巴一抬向我笑笑——露出她潔白貝齒的一笑。

「哈囉，護花使者。」她說。

「哈囉。」我說，也向她笑笑。

她說：「老實說，我本來有三個方案：掉塊手帕在地上，站起來走或是皮包忘在沙發上，或者請問你幾點鐘了。但是我覺得兜圈子沒有什麼意思。」

我說：「你是想要進酒廊去？」

「是的。」

「為什麼？」

「也許我想喝杯酒。」

「也許？」我說。

「也許我喜歡你的樣子。」

「多妙？」

她打開她皮包，拿出一張二十元的鈔票說道：「遠征隊由我資助。」

「會花那麼多錢嗎？」

「我不知道。」

我說：「我們進去就知道了。」我站起來，伸伸手臂出去讓她輕握著。

她說：「這樣他們會擋駕嗎？」

「我不知道。」

我們回進雞尾酒廊。經理就在門口侍候著。

我說：「為什麼對我妹妹說她一個人不能進來？」

「對不起。」他說：「這是這裏規矩，也是法律規定的。單身女客我不能放進來。」

「那是我不好。」我說：「我不知道有這個規定。是我叫她在這裏等我的。」

他冷冷地鞠躬，把我們帶到一張桌子旁。自己走過去和酒保講了幾句話。

一個侍者過來，我們告訴他我們要什麼。

「不甜的馬丁尼。」她說。

「照樣。」我告訴他。

侍者淺淺一鞠躬，離開。

她經過桌面，看向我說：「你真好。」

我說：「我可能是色狼。明天一早可能你是分屍案主角。你這樣隨便釣凱子是危險得很的。」

「我知道。」她說：「媽媽告訴過我。」

她停了一下又說：「我想找個汽車旅館，但是他們說單身女郎他們不歡迎。」

我沒有吭氣。

她又說：「這年頭有人決心做個正經女人，但是因為沒有男伴，人家都不讓你做。」

「你要找個護花使者應該沒有問題。」我告訴她。

「我是沒問題，但今天用的方法我自己都不喜歡。你叫什麼名字？」

「姓賴，賴唐諾。」

「我是哈雪儷。既然我們是兄妹，我們就不必太拘束。」

侍者回來，把二杯我們點的酒分別放下，也把帳單放在桌上，自己站在桌旁等著。

她把二十元自桌子底下塞過來。我沒有理她，逕自從上裝口袋取出鈔票夾，抽出兩張一元鈔票。侍者從口袋掏出兩個二毛五分硬幣。我取了一個，侍者把另一個拿回。

雪儷把酒杯向上一舉，向我看著說：「騙死人不償命。」

我拿起酒杯，和她互敬，慢慢品著酒味。

酒杯裏的成份，百分之六十是冰水，有一茶匙的琴酒，幾滴苦艾酒，一隻橄欖。

雪儷把酒放下，向我眨了一眼，做了個鬼臉說：「我想他們不喜歡我們在這裏。」

「顯然是的。」

「至少，他們不想讓我們有醉意。」

「沒有錯。」

我向椅後一靠，不經意地看看酒廊的內部，試著想發現到底為什麼雪儷那麼想到裏面來。但也不是太刻意的。

這是一個星期六的下午。我是跟一個我在跟蹤的男人來到這家大旅社的。我一直在大廳，一面等小夜班來接我的班，一面看看有沒有什麼資料可以挖掘一點的。不過這些都可以慢慢來，並不急。

酒廊生意不錯。一個五十以上肉多油多的客人看樣子玩得蠻起勁，他把手放在一個二十左右白金色頭髮美女的椅背上，不斷在說話。她的表情冷硬如鑽石。偶或對他的俏皮話一笑，像在估量他身價似的。她對他尚未決定次一步戰略。

有四個人在一起，準備開始週末好好喝點酒。有一個長髮有個性的年輕人，在向另一個人長篇演說什麼事。那個聽客又顯然聽到過這些理論。但是為了尊敬起見，不吭氣地聽著。一對中年夫婦，今晚決定出來吃飯，改變一下結婚已久的單調。他們裝出來的彼此關照，反有點強調婚後生活的太常規化。

然後，我看到了雪儷在關心的一對了。

男的三十二或三十三，很有責任感的樣子。嘴唇的樣子看起來他常做決定。從儀態上看得出一種恭順的執拗。是高級推銷員必具的特點。目前他眼中有憂慮的眼光。身上散發出來的，不是輕鬆享受，倒有一點想大亂一場的味道。

女的要比他年輕五六歲，紅髮、灰眼，很有城府的樣子。她並不漂亮，但是臉上輪廓有很特殊的個性。目前的臉上的氣氛像是才決定要接受一次危險的外科手術。她看向他時眼中充滿感情，不過是敬重的愛意，不是情愛。

我拿起貧血蒼白的雞尾酒，又品了兩下。酒太淡了。我甚而可以品到橄欖的味道，但是喝不出有琴酒在裏面。此時，我更看出雪儷要進來的目的，是為那女人。我把雞尾酒杯放回桌上。

「我也受不了這裏的酒。」雪儷說：「令人倒胃冂。」

侍者轉到我們桌子附近，著意地咳了一聲嗽。

「再來兩杯馬丁尼。」我說：「我們忙著講話，忘記喝酒，這兩杯不涼了。我最受不了溫溫的馬丁尼了。」

「是的，先生。」他說。把兩支杯子收起。

「你為什麼這樣做，唐諾？」

「為什麼做什麼？」我問。

「給他們機會賺過份的錢。」

「我不知道。」我說：「想來我生出來就如此的。」

她突然問我：「我要是不主動的話，你會不會主動向我搭訕幫我進來？」

「我不知道，也許不會。」

「你在研究，我為什麼那麼想進來，是嗎？」

「沒有。」

「瞎說，」她呆了一下說：「你當然會。」

我說：「為了那紅頭髮，是嗎？有灰眼珠那個？」

她祇是稍稍皺起一點眉頭，看向我，但是兩隻眼睛睜得大大的。「你到底是什麼人？」她懷疑地問道。

「喔，算了。」我說：「不要把我說的話放在心上。」

「嗨，你們安排好的什麼叫我上當？」

「不要提了。」我告訴她。

侍者重新帶上兩杯馬丁尼，也重新帶來張帳單。我拿出兩張一元鈔票。侍者把兩張鈔票收起，又順便摸出兩個二角五的硬幣放桌上。我從口袋中拿出一個一角硬幣，兩個一分硬幣，把這三個硬幣放桌上，把桌上兩個二毛五硬幣撿起放進我口袋。

侍者出意外地不高興，我對雪儷說：「趁早將橄欖吃了，免得被水泡得沒有味道了，雪儷。」

侍者把小費從桌上用右手刮進放在桌邊的左手，走過去向經理說了些話。

經理走向我們桌子。「一切還可以嗎？」他問。

「一切還可以。」我說：「雪儷，你開車來的嗎？」

「是的。」她說。

「那你該喝上這種雞尾酒十到十五杯。」她笑笑。我們喝酒。

經理站在桌旁，等我喝酒看有沒有什麼話要說。我喝一小口酒，把嘴唇弄得咂咂響，把杯子放下說：「好極了。」

他勉強地小小表示一下敬意，離開我們。

「你說吧。」她說：「到底怎麼回事？」

我說：「我說了你不會相信的。」

「不要顧左右而言他。到底怎麼回事？」

我自口袋拿出我的記事本，從記事本裏抽出一張卡片遞給她。

她唸道：「柯賴二氏私家偵探社。賴唐諾。」她開始要站起來。

「不要急。」我說：「我們間的事完全是巧合。」

「怎麼回事？」

我說：「這是週六的下午。我剛辦完我最後一個案子。我在大廳上看馬賽消息，休息著等一下可以好好吃頓晚飯。我沒有結婚，沒有牽掛，我的工作又沒有半點浪漫氣氛。我從來沒見過你。也絕對沒有客戶認識你。沒有人給我錢叫我對你工作，我也不在對你工作。你要一個護花使者，而且你正好挑選到了一個私家偵探。我甚至看都沒有仔細看你，就中選了。」

「我看到你在看我腿。」

「誰會不看呢？」

「這位柯氏是什麼人？」

「柯白莎。」我說。

「女的夥伴？」她問。

「是的。」

「喔。」她說。把兩條眉毛都抬了起來：「這樣的，嗯？」

「不是這樣的。」我解釋：「柯白莎，六十歲，有一百六十五磅重，寬度像條船，下巴像牛頭狗，滾圓的小眼看到鈔票會發光。她像一捆帶刺的鐵絲網一樣硬朗，一樣不好對付。

「我落魄到有一次隨便什麼工作都肯幹的時候，她已經在這一行不少年了。我有過很好的法律訓練，白莎把我當狗腿子一樣來跑。最後我掙扎成一半一半的合夥人。」

（註：見《來勢洶洶》及《黃金的秘密》）

「你們做哪一類工作？」

我說：「柯白莎以往做慣離婚案件，交通意外案件。此外有其他偵探社不肯接的小案件。現在要給你解釋我們接什麼案件相當困難。我是不服輸的，我們也一直運氣好。」

「你說很賺錢？」她問。

「是的。那祇是一部份，我們也弄出了些名譽。」

「哪一類案子？」

「各種各樣案子。」

「那你就是個蹩腳偵探。」她說。

我說：「你該見見柯白莎。你們兩個有相像的地方。」

「好呀！」她生氣著：「寬度像條船，下巴像牛頭狗——」

「我是指說話方式。」我說：「批評我是怎樣一個偵探。」

她說：「你以為我是為那紅頭髮才要進來的？」

「我這樣想。」

她大笑，輕蔑地說：「我們離開這鬼地方吧。唯　我要進來的理由是因為他們說我不能進來。你一定要知道的話，是因為我心碎了，我要把自己喝醉。我一直崇拜的男朋友竟是個大混蛋，另外一個常約會的認為他自己一直是第二人選。我不準備立即和他好，那樣他會忘不了這種想法。我要冷他兩三個星期，等他再找我的時候我再和他來往。我想我是自己在糟蹋自己。心裏有點苦苦的。

「你們偵探有神經質，恨不能每根電線杆後面都有一樁謀殺案。我想到要個人陪我進來的時候，你看起來正合適。現在看起來你無聊得很。」

「所以你想離開這裏，一個人去喝醉？」我問。

「這下給你說對了。至於你，你已經和這件事沒——等一下，我看我還是要吊著你一段時間，沒有男孩子伴著，哪裏也不讓我進去喝酒。走吧，我們離開這裏。」

我們站起來，想走通大街的門出去。

「一切還好嗎？」經理文雅地問。

「還好。」我告訴他：「這裏的橄欖真不錯。」

「要這玩意兒的話，隨時歡迎光臨。」他說。

「會的。」我說。

我們走過高級推銷員和紅頭髮在談話的一桌。她隨便地看了我們一眼，突然她看向我——狠狠地。那個心事重重的男人繼續在講話。

哈雪儷經過他們時沒露出任何表情。

一出了門，到了街上，我說：「好了，雪儷。你自己好好玩。」

她衝動地說：「我們一起去什麼地方好好喝一喝吧。我好像根本還沒有嚐到酒味。」

我猶豫著。

她把手放我手臂上說：「我請客，別怕。」

「你要不要把失戀經過告訴我？」

「每一件事。」她說：「一點也不隱瞞。我會像『天方夜譚』中講故事使她皇帝和主人歡心的女孩一樣，說個不停。剛才是我不好，我發脾氣說你是個蹩腳偵探。我抱歉。我現在要個人陪我才能去喝酒。我放掉了你，再找來的可能是壞人。我知道你是好人，祇是你偵探的本能討厭一點。我告訴你我的羅曼史。你要聽熱情，糾纏不清的一面，還是我心理反應的一面？」

「心理反應的一面。」我說。

「老天！你真特別。」她叫道。

「倒也不是！是你比較特別。記住，我們在消磨時間。我本來想去看電影。但是這樣比較有趣。」

「比較羅曼蒂克。」她保證說：「要知道電影會挨電檢處剪刀，我的不會。」

我們走了一條半街，來到一個雞尾酒吧。他們的雞尾酒裏面有酒。雪儷不停地說自己想像中的羅曼史，牛頭不對馬嘴，但她要我相信她是個敢作敢為的人。

她是個好女孩，有好的曲線，漂亮的眼睛。第二杯酒下肚後，我知道她是有計劃的。

我們一起去用晚餐。雪儷又要了雞尾酒，之後要威士忌加蘇打。

她去盥洗室，我看到她設法塞給侍者一張鈔票，又給他說了幾句話。

我把那侍者叫到桌子邊上來，問他道：「剛才那女孩跟你說什麼了？」

他假裝地說：「沒有呀。」

「她給了你五塊錢。」我告訴他：「為什麼？」

他抱歉地假裝咳嗽。我把皮夾拿出來，從皮夾中抽出一張十元鈔票。他笑笑地說：「她要的酒，祇要薑水就可以了。」

我把十元交給他。我說：「我也照樣。」

「你的意思你也祇喝純薑水？」

「是的。」

「結帳的時候可要付威士忌蘇打的錢噢。」他警告說。

「當然。」我說。

我們用完了晚餐，開始在薑水的遊戲上浪費金錢。她偽裝有一點醉了，在我不看她的時候仔細地觀察我。

我喝我的薑水，偽裝有一點醉了，在她不看我的時候仔細地觀察她。

這是一個週六的晚上。這種消費法比看電影貴得多。但是比電影懸疑氣氛高，也沒有電檢處剪刀在等著。

飯店的表演節目開始時，她起身又去盥洗室。她繞過要去的地方，溜出大門，離開了二十分鐘。

回來的時候，她說：「想我嗎？我不太舒服。我想我喝太急了。」

「當然想你。」我告訴她：「不過剛才在跳脫衣舞，滿不錯的。小姐很漂亮。」

「噢，所以你光注意看脫衣舞了。」

「是的。」

「喜歡的是脫衣？還是舞孃。」

「當然是舞孃。不過她們要是不脫衣，我就不喜歡。」

「我已經喝太多了。不過我們來個最後一杯。這次我會喝很慢。」她說。

第二章　消失的女子

哈雪儷用她裝得出最好的笑容對我說：「你很好玩，我喜歡你。」

「我也喜歡你。」我說。

她把手放到我手裏。「今天真正的很過癮。」她說。

「是的，哈小姐，」我告訴她。

她咯咯地傻笑說：「有件事告訴你。」

「什麼？」

「我一定要回家去了。」

「我送你回去。」

「我借了我姐姐的車了，我應該八點鐘交回給她的。現在過了，是不是？」

「九點五分。」

「喔，我不知道那麼晚了。時光似流水，真是的。」

「沒有錯。」

「看你。」她說：「看你好像比我還醉了。」

我研究著她的作用，說道：「彼此，彼此。」

她又咯咯地傻笑：「好，由你來開車。我們兩個一起去姊姊家，由姊夫開車送我們兩個回來這裏，車子還他們。」

「你姐夫會喜歡我嗎？」

她把嘴唇噘起很高，咂咂做出兩聲。

「他叫什麼名字？」

「傅東佛。」

「意思他不會喜歡我？」

「也許不會。他祇喜歡自己。你說怎麼樣？」

「什麼怎麼樣？」

「由你開車呀。」

「好的，」我說：「他們住哪裏？」

「聖羅布。」

「那很遠喔。」我告訴她。

「也不算太遠。唐諾，今天的帳，一定要由我付。」

「不行，歸我請客。」我說。

「歸我。」

「應該是我的。」我說。

我把侍者叫過來，把帳單付了。我們走了一條街，來到一個停車場，她把車單給我。我跟了服務員走下去，去看駕駛軸上固定著的登記證。車主姓名是傅東佛，地址是聖羅布的柑橘道六二八五號。

目前為止，每件事都符合。我心裏不斷煩悶。這輛車應該是熱得像個爆竹。我們慢慢把車滑出停車位。我把車門打開讓雪儷進車。

我對這局面不是太樂意。我需要有個證人。我在一個加油站停下，告訴服務員我認為後輪胎氣壓不足。我下車跟了他到車後，塞了兩塊錢給他，大聲地說：「雪儷，打好氣你開車好了。你說是你姐姐的車，還是你來開好一點。」

她搖搖頭，她的下巴掉下去碰到了胸部。

「你還好，你沒有醉，還是你開好了。」我說。

「我是沒有醉，我不想開。」

我沒有加油。服務員應該會記得我們的爭辯。我向他眨一下眼說：「好吧，你一定要我開，我就開。老實說我是不情不願的。」

「沒關係。」

「這是你姐夫的車子？」

「姐姐的。」她說：「東佛說一定要用他名字登記。他做慣了大亨，配角不做的。我姐姐花自己鈔票買的——傅東佛！」她用厭惡的聲音說著。

服務員把擋風玻璃洗乾淨，把車頭燈用乾布撣一下。我看著油量表，用手指敲兩下，笑一笑，搖搖頭，開出了加油站。

我看到雪儷仔細看看我，研究了一下。

「你好像還沒有酒意？」

我說：「不論喝多少酒，祇要我一坐到駕駛座上，我就完全醒了。」

「但是那玩意兒還是在你肚子裏翻滾是嗎？」

「那自然。」

「真有本領。」她說，把頭靠在我肩上。

我們跑上公路來到帝谷大道。「跑慢點。」雪儷說。

「為什麼？」

「我寂寞得很。」

我把車慢下來。她靠我靠得更緊一點。她說：「把車靠到路邊去。」

我把車開到路旁，把車停妥。

車頭方向的前右側，有一個霓紅燈廣告，「安樂窩汽車旅館」。下面一塊小牌子，另有強光照著「有空位」。

「慢慢向前開。」她說。

我慢慢向前開。

「停車，」她說：「就這裏。」

「為什麼？」

「我不舒服。我……喔，唐諾。我看我明天會整天頭痛了。把車開離大路。」她說：「這裏，這裏開進去。」

「這裏是汽車旅館。」

「又怎麼樣？」

我說：「我祇是告訴你。」

「我不能再在路上走了。那裏一定有洗手間。」她說。

我把車開進汽車旅館去。

「去找找看，女人洗手間在那裏。」

我走進辦公室。裏面的女人用冷冷好奇的眼神看著我，告訴我他們沒有公用的洗手間。他們在出租的房子裏才有浴室。她問我要不要一間單人房。

「我去問一下。」我告訴她。

她藐視地看著我。我走回汽車說道：「沒有洗手間，寶貝，所有洗手間都在房子裏，他們祇有一個空房了。」

「好吧，」她說，打開門走出汽車：「扶我進屋裏去。」

我走回去登記傅東佛夫婦。地址寫了聖羅布，柑橘大道六二八五號。又把車號登記上去——四五S五三一。

管理這裏的女人指給我們看，租給我們的是哪一間房。雪儷撲通一下坐在一張椅子上。

我取了女經理交給我十一號房的鑰匙。她祝我晚安。我扶起雪儷攙著她進去十一號房子。她走進洗手間，又做出很多不舒服的樣子。出來就向床上一躺。

我坐在床沿上，低頭向她看著。

「把燈關了。」她說：「刺眼得很。」

我把燈關了。她點上支菸。

她說：「我覺得空氣不夠。」

「我來把門打開。」

「不，我要出去。」

「我和你一起去。」

「不，你留在這裏。」她說：「我不舒服。我的樣子會很難看。唐諾，告訴我，我們怎樣登記的？」

「你猜呢？」

「我想知道一下。」

「當然要寫夫婦，否則他們不租給我們。」

「你沒錯。」她說：「唐諾，我等一下要車上的紙巾，鑰匙在哪裏？」

我把鑰匙給她。

她說：「你留這裏，你沒問題吧？」

「我很好。」

她說：「我們不該這樣的。」

「怎麼樣？」

「住在這裏。」

我說：「我們沒有真的住在這裏。你不記得了嗎？你要把車送回給你姐姐。你的姐夫可以送我們回城。我們停在這裏因為你要用洗手間。」

「喔。」她說，向我用一隻眼眨了一下。

她走了出去。

我走到窗旁。拉起窗簾，這樣我可以坐著看到汽車。

什麼事也沒有發生。她根本沒有走近汽車。她走出房子是去吸點新鮮空氣的。

十分鐘，她還沒回來。

二十分鐘之後，我走出去找她。這家汽車旅館是在郊外，周圍有很多尚未利用的地產。進來的碎石路，由於霓紅燈的照耀，變成一條紅頭帶。前面高速公路上固定的有不少車輛經過。

我砂礫作聲地踩著碎石路沿汽車旅館範圍走著。一間間的房子裡多半都已經熄燈無聲。前面一間房有兩對人在聚會，有叫聲及笑聲。一個男人在說葷笑話，引起一堆笑聲。

中間一點有一間房子，門口停的是愛渥華州牌照汽車，倆夫婦在吵架。我沒聽清楚。大致是為了男的對繼女的態度有什麼不好。女的用尖而控制的聲音，快快地數說，從我經過的短短時間就可以聽到個大概。女的是說她先生一開始就沒喜歡過露絲，一直對她不友善，使她覺得沒人要她。養成她敏感和怕見人。她的脾氣古怪完全該由他負責，他應該自己不好意思，他簡直不能和她第一個丈夫相比。又說露絲從小一直愛她真正的父親，因為他是一個真正的紳士，有禮貌又為他人著想。在目前這情況，任誰也不能怨，那孩子會想到以前……

我走遠了，就聽不到下文了。

汽車旅館範圍裏，就是沒有哈雪儷的影子。有一間房子裏，收音機的聲音特別響。

我試試車門。車門鎖著。

我轉到我們租的房子後門，也沒有哈雪儷。她可能躺在外面什麼地方地上，裝她喝醉的樣子。我又再在汽車旅館範圍裏兜了一圈。

沒有見到哈雪儷。

我走回房子的時候，聽到「砰！」的一聲。我想是汽車內燃機逆火的聲音。

我停下來，等候，仔細聽。又再有兩聲一樣的，可能是大卡車內燃機的逆火。我四周看看，沒有大卡車。

我回進我租的房子。四周看看。雪儷留下的祇有一包煙和一盒火柴。火柴是卡巴尼塔夜總會的宣傳品。我把它放進口袋。我拿起那包香菸，裏面還有三分之二滿。香菸包上面的錫紙已撕開。我突然看到一張厚的白紙摺疊起來，塞在外包裝和錫紙之間。

我把白紙抽出來，打開。

白紙本來是菜單的一部份。在背面用鉛筆寫的字：帝谷大道，安樂窩汽車旅館。沒有別的線索了。

我把香菸，紙條也和火柴一樣放進口袋。又再在房子裏看清楚，確實什麼也沒有了。

我小心地把曾經接觸過的地方都用手帕把指紋擦掉，尤其沒有忘了注意門把上的指紋。我沒有處理浴室裏的情況，那裏面祇有雪儷的指紋。她的指紋留在裏面可能反倒好一些。

我把房子鑰匙上的指紋也擦掉，把鑰匙插在門的裏側。用手帕包了門把並把門關上。汽車裏面或駕駛盤上的指紋，我無法處理，因為車門是鎖著的。鑰匙在雪儷手中。

附近那間房子，收音機的聲音仍在響著。

我繞過汽車旅館的辦公室，走上公路。我不敢搭伸手的便車。我儘可能遠離公路，但沿了公路方向走。務使沒有一輛車的車頭燈會照清楚我的臉。

我來到一家仍還營業的路旁餐廳。

餐廳裏有公用電話。我投下硬幣，接柯白莎的公寓。

足足兩分鐘之後，白莎才來接聽。我聽得出她不喜歡這個時候有人打擾她。

「什麼人！」她簡短地說。

我說：「白莎。是我，賴唐諾。我要叫你來接我一下。」

「嘿，想得出來，」她說：「叫我睡了一半起來『接客』！你的公司車呢？你的腿呢？你不會叫車？你……」

我說：「白莎，你聽我說，也許很重要。我現在在帝谷大道一家小的路旁餐廳。我不願意被人見到。我會到外面去等著。請你儘可能趕快來接我一下。」

「少來這一套。」白莎說：「找輛計程車。」

「假如我找計程車，司機會認識我。」我說：「可能明天我的名字要上報紙了。」

「你的名字上報紙，看看有沒有人在乎！」白莎咆哮道。

我說：「對我們倆人的偵探社，有名譽損害的。」

「去他的名譽！什麼名譽？最多說你在外面泡妞泡出了毛病，是不是撞上了仙人……」

「會使我們破點財的。」我說。

白莎立刻停止說話，好像我把手搗住了她的嘴一樣。她停了三、四秒鐘什麼都不說。我知道電話還在她手中，因為我聽得到她沉重的呼吸聲。

「怎麼樣？」我問。

「好吧。」她說：「在哪裏？」

第三章　紕漏

足足等了三十分鐘，才等到白莎，她火冒三丈，消防隊恐怕也制不住她。

她一腳把車煞停下來，我從她車後跑過去，繞到車的右面，打開車門，坐在她旁邊。

白莎的下巴向前戳出，有如一條戰艦的船首。她的小眼睛睜得圓圓的，充滿怒意。

「這一次，你又做了什麼事了？」她說。

「我還不知道。」

白莎把車吃進檔，一下把車衝向前，也不換檔開到前面十字路口，候機來了個迴轉。

「每年這個時候氣候真好。」我說。

「好你個頭！」她說。

我們就一聲不響地在大道上開著車。

過了一陣，她忍不住自己的好奇心，說道：「好吧，說說看，到底是怎麼回子事？」

我說：「我們從頭說起。你記不記得我今天下午在幹一件跟蹤一個人的事？」

「沒錯，」她說：「有人付錢想知道一個出售股票的人的姓名和身分。有困難嗎？」

「一點困難都沒有。」我說：「幾乎像是定做好的。固定的時間，這個人出現在我找他的地方。我一路跟蹤他一點困難也沒有。他一直走到了溫契斯特大旅社向櫃檯取鑰匙。我小心地一打聽就知道了他的名字叫鄧默斯。已經在旅社住兩天了。沒人知道他是幹什麼的。

「換班的說好六點鐘接班，我準備交了班再設法挖掘點資料出來。反正再等也不過半個小時。」

「別那麼囉唆好嗎？」白莎說：「我知道你並沒有坐在大廳裏等接班。至少你褲子沒有磨光。假如你出了什麼毛病，裏面一定有個女人。是什麼女人？」

「我自己都尚未確定。」我說。

「一定又是另一個紅頭髮騷貨。我看你始終學不會不要去逗她們。」

「這次是糖蜜太妃色，柔得像絲一樣……」

「老天，」白莎說：「我要再和別的男人合夥的話，我要選個六十歲以上……」

「不會有什麼差別的，白莎。」我告訴她：「六十歲以上的男人特別敏感。漂亮小姐能把他們……」

「那找七十以上的。」白莎修正說。

「那也沒有用。聰明點的小姐會讓他們想起少年時的情侶。八十以上才差不多，至少他們眼睛不好了。」

「那更不好了。」白莎生氣地說：「連醜的也來了。不管這些，告訴我那小妮子對你做了什麼？」

我說：「我先說到鄧默斯，因為我相信，他把我引到那旅社去等，和後來發生的事，是多少有點關係的。」

「你什麼意思他故意把你引到那旅社去？」白莎說。立即她又自己插嘴說：「看那混帳，開車不用近燈。你也不好，說話老顛三倒四的。」

白莎生氣地把自己車頭燈遠燈、近燈地對來車閃。

對面的開車人根本不理她，不換近燈。白莎把左側車窗打開。兩車交過的時候，白莎用足全力向來車駕駛罵了一句不雅的話。她把車窗搖起。「你為什麼兜來兜去不肯說實話？」

我說：「我坐在旅社大廳裏，然後來了一個自稱是哈雪儷的女人。她說她在開她姐姐的車，但是車子登記是她姐夫的名字，說是姐夫喜歡做一家的主宰。」

「所有丈夫都這樣的。」白莎說：「之後呢？」

「我沒見他開來，但是我選了個地方吃飯，飲酒，出來的時候車子正好就在近處。」

白莎咕嚕了一下。

「這之前，她溜出去過二十分鐘。想來是去弄車的。」

我看到白莎準備咆哮了。所以加了一句：「事情是一件接著一件來的，所以……」

「老天！」白莎說：「我對你夠清楚了。是你開的頭，在旅社大廳裏釣馬子。老毛病，你開的頭，她結的束。我祇要知道當中發生什麼事。」

我說：「我們兩個也是走這條大道。我要送她和車回姐姐家，她姐夫會送我們兩個回進城來，再把車開回去。」

「嘿！」白莎嗤之以鼻。

我說：「她喝了不少薑水。她說她不舒服要找個洗手間。她叫我停車，因為她不願再前進。停車的地方很近一個汽車旅社。」

白莎把車慢了一下下，對我假關懷地看看，說道：「可憐，你當然不懂這是怎麼回事。除非她拿槍出來，你是不會主動帶她進去的。」

我說：「我租了一個房子。就在這時候她決定要透透新鮮空氣。她走出房去，之後再也沒見到她。」

白莎說：「你才是該透透新鮮空氣的！那你為什麼不用那輛車——是不是她開走了？」

我說：「車門是鎖的。鑰匙又在她那裏。我有預感有人已經打電話給警察說車丟了。請警察沿路在找，我不能確定。但是她把我當什麼偷車的替死鬼極有可能。所以我有點擔心。」

白莎說：「我們開的就是偵探社。你自己是偵探，還需要別人幫忙嗎？老天知道，我為什麼要半夜起來替你當計程車伕。你以後要釣馬子用自己車子，再不然背個無線電，隨時被人放鴿子時可以叫得到計程車。」

我說：「這次我不願叫計程車，也不願有人知道我在附近。在我離開汽車旅館的時候，我聽到像汽車逆火的響聲。」

「什麼？」白莎突然豎起耳朵問。

「一種聲音，很像汽車引擎的逆火。」我說：「祇是附近沒有汽車。」

白莎又把車慢下，向我看過來。

我說：「我認為要調查這件事還是要回到鄧默斯的案子。那位和我們公司接觸的人，是你接待的。說說看，怎麼個人？怎麼回事？」

白莎說：「是一個姓許的女孩，看起來很正點的。她進來的時候我還在想，老天真是幫忙讓她先見到我，不是先見到你。你要先見到她，她會不付定金就叫你接手這件案子，你也會沒收到鈔票就弄得辦公室雞飛狗跳。這件案子我先收了兩百元。」

「她要我們幹什麼？」

「她說她有一個姨媽，是她目前唯一活著的親戚，現在因為一次車禍行動不便，但是最近不斷的接見一位比較年輕的男人。許小姐認為他是個騙子。是來騙她姨媽鈔票的。許小姐問過她姨媽的女傭人，想知道那年輕人是誰。她姨媽非常不高興，訴說她有足夠的能力自己處理自己的事不要姪女來干涉。許小姐要我們替她找出來那男的是幹什麼的，她希望我們能找出這男人的底細來。」

「你想她怕的是這男人動她姨母腦筋？」

「嘿！」白莎說：「她拿出來的是兩百元錢。你想有女人肯拿兩百元出來，為的是阻止別的男人交女朋友？她是怕情況嚴重起來。她是怕男的向她姨媽求婚。那姨媽是有錢的，她又是唯一的繼承人。這就是兩百元錢的原因。你懂了嗎，好人？」

我說：「也有可能整個案子是一個設計好的陰謀。她有沒有指名要我親自參與？」

「我想她是有說到的。」白莎說：「但是不必那樣自負。全世界沒有人會想到你的。」

我沒說話。過了一下白莎又說：「她告訴我這件事一定要小心處理，絕對不能讓這個人知道有人在跟蹤他，或是在查他底細，萬一引起他注意，他去告訴她的姨媽，一切就弄砸了。假如她姨媽知道是她在搞鬼，會誤會她，疏遠她的。」

「那就是說遺囑裏的鈔票，沒有她份了？」

白莎說：「疏遠，當然就是失寵。也當然表示沒有份了。我告訴她，我們的人會像浴室地上的肥皂一樣滑溜。保證被跟蹤的人啥也不會知道。」

我說：「你沒有叫我要那麼小心呀。」

「我何必關照？你應該都懂得。再說，她是先付錢的。」

「我祇是想弄弄清楚。」我說。

「你現在弄清楚了。」

「所以你告訴她，我會自己辦這件事？」

「是的，我告訴她，我會叫你親自辦這件事。這樣，我們的收費會貴一點。但是，你是本市最好的人才。」

白莎停住了嘴，顯然是在用腦回想。她蹙著眉道：「經你一提起，有件事相當奇怪。那個姓許的妹子，實在是不難看的。」

「多少歲？」

「廿三歲前後。」

「叫什麼名字？」

「可蘭。許可蘭。」

「住哪裏？」

白莎生氣地說：「我又不是電腦。半夜三更叫我起來，要我參加你的黃色行動，還要我報出每一個客戶的姓名、地址。你也想得出來。」

我沒有吭氣。白莎也硬撐了一段時間的寂靜。然後她坦然，好像從未脫出話題似的繼續說道：「有這樣好本錢的女人，聽到了我有一個年輕、聰明的男性合夥人，第一個反應應該是想見見他，甚至和他來談這樁生意。但是她不然。她對我的能力有絕對的信心，她對我們信譽完全知道，她很自信的拿出支票簿。她不太在乎錢。現在你提起這件事，我想起來就覺得有點怪。」

「即使我不提起任何事，這件事還的確怪怪的。」我說：「那個女郎還告訴你什麼她家庭背景？」

白莎說：「唐諾，我和你有一點大大不同。你專喜歡打聽別人無關緊要的小事情。我絕不打聽和本案無關的事情。」

「換句話說。」我說：「她並沒有告訴你有關她姨母的任何事。」

「我知道她姨媽的地址。」白莎說：「她告訴我這位器宇不凡的騙子，下午四點鐘和這位老小姐有約會會見面。」

「但是她沒有提姨母太多的事，她的過往，她的愛好。你沒有問及她過去的婚姻或戀愛狀況。」

「奶奶的！」白莎說：「她在支票最重要的位置簽了字！不就結了。不要來管我該怎麼做我的事。」

「我沒有要管，」我說：「我祇是在用腦子想這件事。」

「原來如此。」白莎揶揄地說：「我知道你現在急著要回家上床，繼續你的春秋大頭夢。老天，想想看，你是在郊外，你在開車送她回家。她的姐夫要開車送你回城。多好！多可愛！多體貼！我想你開車的時候兩隻手都在駕駛盤上。你在談文藝小說、古典音樂。是那個漂亮小妞最後一定要硬拉你去汽車旅館——」

「事實上真是這樣的。」我插嘴道。

「好吧！這正是給你一個教訓。」

我說：「一進城請你走第七街，我要你在溫契斯特旅社放我下來。我想我要對鄧默斯先生多加一點特別注意。」

「你要特別注意不露馬腳才是真的。」白莎說：「整件事我看來你已經出了紕漏了。假如鄧默斯知道了有人……」

「假如他會知道我在盯他的梢，」我說：「他是神仙，或者是壞人中的頂尖高手。我跟蹤得非常順利。」

「嘿！」白莎說：「你跟他進了旅社大廳，十分鐘之內，他就放出一條臭魚，你的狗鼻子就轉了向了。」

「不是十分鐘，是二十分鐘。」

「就算二十分鐘，正好夠他打個電話，放出個『外面該有的東西』齊全的小蕩婦出來。我告訴你，準是這傢伙一眼就看出你是個色瞇瞇的傢伙，才用的美人計。還說她要用苦肉計才能拖你去汽車旅館！笑死人了。」

我什麼也沒有說。也沒有什麼可說的。

白莎沿第七街開到溫契斯特大旅社，把車停在路側。

「不要在這裏等。」我說：「向前開半條街，停在路邊。我弄好了會來找你的。」

「去你的！」白莎說：「我要回去閉閉眼睛。現在的工作是你的工作。你沒有計程車可搭的時候，我只好去接你。這裏跨出去，一招手，有的是計程車。記住，計程車要拿單據，我可以向客戶報帳。」

我把車門關上，白莎把車吃進檔裏向前一頓，開了就走，留給我的祇是一些廢氣。

我走進溫契斯特大旅社。

大廳裏尚還有一些人。我仔細看了一下，確定鄧默斯不在廳裏。我看看雞尾酒廊，他也不在那裏面。我走到內線電話，對接線生說：「我在找一位麻省來的鄧吉美先生。請問他是不是住在這裏？」

她等了不少時間，大概是在找名冊，她說：「沒有。」

「真奇怪，你確定嗎？」

「沒有錯，先生。」

「有沒有別的姓鄧的？」我問。

「目前沒有了。」她說：「有過一位鄧默斯先生，但是一小時前遷出了。」

「謝謝。」我說：「不是我要找的吉美。」我把電話掛了。

我開始不著邊際的詢問大廳僕役和看門的僕役。鄧默斯是遷出了。他有一個手提袋，一個公事包，另外還有一個小提箱，上面有一對黃銅鈕鎖。

是大廳的僕役上樓取下交給看門的僕役。看門的僕役記得行李曾在門口。他一直忙著在幫助進出的人上下計程車。有一次回頭，那三件行李都不在了。

看門的可以確定，這些行李的主人沒有搭計程車。我問他有沒有可能被私家車接走了。他也不以為然。我問他鄧先生和行李可能去哪裏呢？他抓抓頭答不出來。

旅社雞尾酒廊的進口離開大門祇有幾尺遠。我不相信去問酒廊經理會有什麼用。我也不會相信他肯讓客人帶那麼多行李進去。

換句話說，鄧默斯就如此不見了。

也許他比我想像中的他，要聰明一點。也許是我比白莎想像中的我，還要笨一點。我發誓，我跟他進旅社時，他是不知道的。

我看看錶。實在是很晚了。但是還有一件事我可以做。我走進電話間，找市郊的電話簿，找聖羅布地區，查到是有一位傅東佛，地址柑橘道六二一八五號。至少這一部份的故事是可靠的。

就從這個電話間，我打傅家的電話。

過了一下，總機要我投入二角硬幣說是可以通三分鐘話。我投了錢進電話後，聽到對方一位女士有睡意的接話聲。

「我真抱歉這樣晚來打擾你。」我說：「但是我有很重要的事和傅東佛先生聯絡。不知他在不在家？」

「不在家。」女士說：「他目前不在家。他有事留住在城裏。但是我知道他隨時可以到家了。」

「能不能代我轉個信？」

「可以。」

「請問是不是傅太太？」

「是的。」

「我希望你原諒我問你一件事，你是不是有個妹妹？」

「妹妹？」

「是的。」

「怎麼啦？我沒有妹妹。」

「一位哈雪儷小姐，是不是你的妹妹？」

「我從來沒聽到過這個名字。更不是我妹妹。我根本沒有妹妹。」

「我抱歉，是我弄錯了。」我說。在她開口前急急把電話掛上。

第四章　親密的密友

一切答案在晨報上都有了。

新聞顯然是最後截稿前一分鐘擠進去的。從報導看來，這是個常見雙雙因情自殺案件。但報紙留有各方的發展可能性。也可以將來發展成很大醜聞，也可以消聲滅跡，不再續登。

報首刊道：「聖羅布經紀人因情自殺——槍殺前秘書後自裁——汽車旅館幽會悲劇收場。」

內容以一般新聞方式報導，但帶了個尾巴說有一些特別的疑點警方正在調查。

死的女人是盛丹偉太太，她曾做過數年傅東佛的秘書，三年前離開工作和營礦業的盛丹偉結婚。婚後一直和丈夫住在科羅拉多州。

兩週前她以加州探親為由離開丈夫。她開自己車十天前來到本地。此十天內顯然曾和傅東佛多次在一起。安樂窩的老闆記得很清楚，一週前兩人曾以盛丹偉夫婦名義在他那裏租過屋子。

使警方迷惘的是安樂窩老闆堅持兩人前來用的是科州車牌那輛車，而傅東佛的車恰停在汽車旅館車道上。車門是鎖的。鑰匙不在傅東佛身上或房間中。車前座地上有一個女用零錢小包，其中有十元左右的硬幣和一張卡片。

更使案情複雜的是響槍前數分鐘警方曾收到一個報警電話，報稱傅東佛的車子被竊。

槍殺的時間約莫是在昨天下午十點到十點半之間。汽車旅館其他住客有不少人聽到槍聲，但當時大家以為是車輛逆火。屍體是因為房內收音機聲音過響，鄰房出面干涉而發現的。

警方急於想知道的是為什麼一共開了三槍。第一槍當然是傅東佛對盛丹偉太太腦後開一槍，然後他把槍轉向自己。但是兩個證人都堅持有三聲槍響。警方再次詳搜，發現有第三顆子彈，射入了盛太太帶往的衣箱。

警方發現，死亡女人的丈夫盛丹偉，在兇案發生前一小時飛抵本市。他解釋他感覺到「要出事了」。警方在市區旅社找到他。告知他太太死亡時，他人都「嚇呆」了。傅東佛在聖羅布是很成功的經紀人。遺孀傅伊琳和他有一子一女。兒子六歲，女兒四歲。傅家的婚姻顯然十分美滿，傅太太起初完全不相信她丈夫會自殺。直到見到現場，還如在夢中。

全案最奇怪的是傅東佛和盛太太以盛丹偉夫婦名義住進三號房後，另外一對男女恰以傅東佛夫婦名義住進了十一號房子。他們登記的是傅東佛的車號，這輛黑房車後來就停在旅館車道上，十一號房子的前面。

經營安樂窩的女人形容那女郎是漂亮的金髮碧睛，表情十分緊張，和他在一起的男人，小個子，中等高重。有深色鬈髮和一雙「有表情」的眼。女經理說她一見到這一對就覺得有點問題。

報紙繼續寫道：

「雖然這是一件非常普通常見的戀愛悲劇，一對相愛的戀人因婚姻錯誤分開，用雙雙自願死亡來結束痛苦。但是警方為絕對信服自己及社會大眾，在宣佈結案前，尚有不少事要調查澄清。」

報紙也指出警方曾對盛丹偉先生嚴予詢問，對他的回答尚不能十分滿意。目前重點在他離機後，一直到住進市區旅社的行動調查。

兇槍是傅東佛名下所有的一支點三二口徑轉輪。傅太太說最近十天來她丈夫天天要加夜班工作。在大概十天前，他打開抽屜拿出這支小口徑的手槍，從此後一直帶在身邊。她自己已經被發生的事驚呆了。

報紙上照片很多。有傅東佛的照片，盛蜜妮的照片，兩個屍體的照片和汽車旅館房內的照片。最後一張照片可見到一個仰臥的屍體，開著的浴室門，兩層的毛巾架。上層兩塊疊好的洗臉毛巾，下層一條洗澡大毛巾掛著。

我把報紙摺回去，開始在公寓裏踱方步。不管我從哪個方向去看，這件事都是不對勁的。

我打電話給白莎。「看到報紙了？」我問。

「你不睡的呀！」白莎叫喊道：「我什麼都還沒有看。我在睡，假如你讓我睡的話。」

「看看早上的報紙。」我告訴她：「第一頁，右下角，又在第三頁繼續。」

「寫些什麼鬼？」她問。

「都是你應該知道的，」我說：「你看完後打電話給我。電話裏說話要小心。再見。」

我把電話掛斷之前還聽到白莎在電話那一端嘀咕著。

足足十五分鐘之後，她回電話給我。

顯然她是下定決心不理我，不打電話回來的，但是看了新聞之後非常不安，才把自己決心付之腦後的。

「唐諾，」她說：「到底怎麼回事？」

「我也不知道。」

「第二輛車是你開的那輛！」

「小心說話！」我打斷她的話說。

「那個登記——是你的筆跡？」

「是的。」

「你這小子為什麼用他名字呢？」

「因為我不想用我自己的。」

「車牌號碼也是那輛車的？」

「是的。」

「為什麼？」

「好幾個理由。」

「你想他們會來問你問題嗎？」

「我想很有可能。」

「我想你又把自己搞進一個泥潭裏去了。」她說。

「你還不知道這個嚴重性哩，」我告訴她：「很有可能那個零錢包裏的卡片是我的。」

「這樣說來，泥潭裏還有鱷魚。」

「很有可能。現在，很重要的是你不要混進來。你要完全清白。先告訴我哪裏可以找到我們的客戶許可蘭。我要和她談談。」

白莎說：「我把她地址記在一張紙上，塞在寫字桌玻璃板底下。」

「有電話號碼？」

「我記不起來了，應該是沒有。那是星期六早上，你知道，我準備禮拜一把它歸檔的。所以我祇是把它塞……」

「支票兌現了？」我打斷她說。

「別傻了，支票當然由銀行問過沒問題，存銀行了。」

「沒困難？」

「我派你接手了，是嗎？要有問題我早把那小妹子塞進垃圾筒了。你現在要是先到警察局去把這件事說穿了，怎麼樣？」

「不到時候。」我告訴她：「以後怕一定會走這條路的。我去告訴他們的時候，至少要告訴他們應該走哪個方向。」

「假如我們現在告訴他們，他們就有走的方向了，是不是，好人？」

「是的，」我說：「方向就朝著我了！」

我掛上電話，開車到辦公室所在的大廈。週日大家不上班。我在看門的放在電梯裏的登記簿上簽了名。他把我帶到我們辦公室所在那一層。我走向我們的辦公室。

辦公室門上燙金字漆著「柯賴二氏私家偵探社」。左角上漆著「柯氏」。右角上漆著「賴唐諾」。

我開鎖走進辦公室，沒去理會自己的辦公室。一直走進了柯白莎的私人辦公室。

房間裏每一件陳設都顯出了柯白莎獨特的個性。從會發出吱嘎聲的迴轉椅，到她右手側的現金保管抽屜。那是她寫字桌右上側的一個抽屜。她永遠是鎖著的，鑰匙也祇有她一個人有。她從不信任她秘書、工作人員。祇有這件事，連她夥伴也不信任。

我在白莎那張迴轉椅上坐下。

吱嘎聲是出廠的時候就有的。不論我向哪個方向移動，吱嘎的聲音始終祇從一個地方發出。

我把玻璃板拉起一角，記地址的紙果然在下面。

我要的地址是浮羅尼加路，一六二四號。地址下面有白莎男性化的筆法寫著：「跟蹤她姨媽」。後來又把「姨媽」二字劃掉，改為「股票掮客」四個字。

紙條下面是白莎的隨手亂塗，當然是一面接見許可蘭談話，一面塗上去的。

白莎開始劃的是『一百元』三個字，然後是阿拉伯數字，一個「一」，下面兩個「零」。如此寫了好多遍。然後把所有的一〇〇都劃掉，開始寫一五〇。之後是她寫的「掮客可能是男友——有原因——未明言——要唐諾辦」。

下面又是亂塗鴉，之後的數目字變為一七五。而後是「一定要唐諾自己辦。」

又是塗鴉後，「姨媽地址：克侖德街二二六號」。

一陣亂塗鴉後，白莎寫道：「姨媽：姓齊，名蜜莉。男人：三十五歲，穿著好，厚胸，雙排扣西服，都是灰色系列，深色髮膚，高直體型，神經質笑聲，用長象牙菸嘴抽香菸，連續地抽，癮大，一支火柴到底，外型好，笑時嘴角有殘忍狀，笑聲不好聽，外型漂亮」。

又一陣塗鴉，亂七八糟的圈圈線條後，白莎終於想起了過去三年來我一直告訴她，對一個要跟蹤的人，必須要有具體的描述這句話，她寫下去：「高五呎十一吋，重一九五左右，深髮，灰眼。」

又一次白莎寫上一七五元，但這數字最後還是劃掉了。下面見到的數字是二〇〇和白莎寫的：「目標下午四時有約會。要唐諾屆時至克侖德街，二二六號」。

下面，重重的二劃劃在數目字二〇〇的下面，表示白莎的決心和談話的中止。然後祇有一行字：「支票兩百收訖。」

以上都是寫在三頁大型紙上，白莎用書釘釘在一起，對摺後塞在玻璃板下的。白莎都是用這種紙一面和客戶談，一面裝模作樣的寫。最後就憑這些紀錄請秘書聽寫後歸擋。由於這次是週末的上午，來不及聽寫，所以就先塞在玻璃板底下。

我就是如此被拖進來的。週末的電話，使我下午四時前來到克侖德街，這座獨家洗石子，設計很好的小房子。

我等在門口，目標果然如約而來，一切正如她向白莎形容的，用象牙煙嘴吸煙，穿雙排扣上裝，灰色有藍條子，裁製優良。他在裏面停留了一小時又十分鐘。

他離開的時候，我就盯上他。一直保持在他後視鏡照不到的死角，記下他車號，看交通的情況，在不會追丟的時候儘量地遠離。車多的時候又靠近一點。他事實上絲毫沒有考慮有人會對他發生興趣。

但是，在我跟蹤他去旅社的當天晚上，這個人遷出了。他一定知道有人在跟蹤他，他一定是比我想像中要聰明。我目前對這一點尚無解答，心裏也一直很不自在。這對我自尊有損——白莎所謂「我的渾蛋自誇」。我一直自稱能直覺知道對象有否發現我們在跟蹤。

我立定決心，今後在對付鄧默斯先生時要特別小心——假如還有機會對付他的話。白莎的記錄是純白莎式的，一面和客戶交談，一面心裏不斷增加客戶付得出多少錢的信心。紀錄上清楚地看得出她心理的歷程，但是上面沒有客戶的電話號碼，也沒有客戶本身背景的任何資料。她收了兩百元訂金，這就是她認為最最重要的一點。

我在電話簿姓許的一欄下找，沒找到許可蘭。也沒有住浮羅尼加路的。我打電話問查號台，他們也無法幫我忙。我下樓請出了我們第二號公司車。

第一號公司車是輛新車，白莎因公都用它代步。第二號是以前我老用的老玩意兒。它沒有特徵，祇是輛舊而可靠，從不拋錨、忠於公司的交通工具。在它一生已經歷了十萬哩以上的路程，跟蹤特定目標，訪問證人及找尋線索。要是它每建一功，我在它擋泥板上刻一個記號的話，擋泥板……

我把車子發動，等車子喘過氣、咳過嗽、放過氣和一切抖動消失之後，把它開出車庫，到姓許的地址去。

浮羅尼加路，一六二四號是一個公寓樓房。許可蘭的姓名自名片剪下，插在一個金屬小格子裏，旁邊就是門鈴按鈕。我按門鈴。

沒有回音。

這是星期天，她也許尚在偷懶，也許出去散步。從她名牌看來，她沒有丈夫住在一起，所以我決定不必太一本正經。我用門鈴玩一點花樣。我按門鈴，一長二短，一長一短，一長一短，而後一長三短。

有了反應。一陣蜂鳴，表示門已打開。

我看一下公寓號，是三一九，走了進去。

燦爛的白天在戶外，日光下明朗爽快。空氣新鮮清爽，使我恨不能開一段高速公路，停在一棵樹下看鳥。公寓內，空氣陳舊停滯。經過光亮的戶外，一時看不到廳裏有點什麼。公寓主人對節約能源也十分響應。

我終於找到了電梯，搖搖擺擺上了三樓，三一九是很容易找到的。

房門關著。

我在門上敲。

沒有回音。

我試了一下門把，走了進去。

這是一個普通連傢俱出租的公寓。中等價格的。事實上整幢房子在設計的時候就沒有一個連貫的思想。東一間西一間的。一度大概又分成較大的一層層出租，最後才再分隔成小公寓的。

浴室中有水流的聲音，我把門從裏面關上時，一個女人的聲音從浴室出來說：「你為什麼不早點把車開來，今天外面天氣那麼好——」

我走過去在靠窗的椅子坐了下來。

因為我什麼也沒說，浴室裏的聲音就停了下來，水的聲音也停止了。

許可蘭，穿了浴袍、拖鞋。出乎意外的眼睛，瞪大、突出，曳足自浴室出來。

「搞什麼鬼！」她叫道。

星期天特厚的晨報在小桌上。我早上看過的也是這家報紙。我目前感到還是裝聾作啞好。所以我順手把報紙拿起，說道：「打擾你洗澡了。你管你穿衣服。」

「滾出去。」她說。

我把報紙一沉，眼睛自報端望出去，稍顯驚奇地問：「你說什麼？」

「你聽得沒有錯，滾出去！」

「但是我是來看你的。」

「滾出去！我還以為你是——」

「誰？」看到她躊躇的時候，我加上一問。

「你——是什麼人？」

我說：「你不是找了一個偵探社，要盯——」

「沒有！」她向我叫道。

「事實上，是有的。」

「那你就完全錯了。我一輩子也沒有找過偵探社。」

我自懷中拿出一張卡片，走上兩步，把卡片遞給她。

她接過卡片，看一下，懷疑地從頭到腳看我一下，「噢！」她說。

我走回椅子，坐下來。

她又看看這張卡片和上面印著的字。

「你是賴唐諾？」

「是的。」

她想了一下說道：「有什麼可以證明你身分的嗎？」

我把汽車駕照和私家偵探執照給她看。

她說：「我正在洗澡。」

「看得出來。」

「瞧你的樣子我可以不必客套說隨便坐了。你對每一個客戶都這樣隨便的嗎？」

「我敲過門了。」我說：「是你沒有吭聲。」

「是我故意開門不鎖的，我以為你是——一個女朋友。」

「總之不是我的錯。」我說：「我不願站在走廊裏大叫我是什麼人，你鄰居會很奇怪的。」

「不錯，」她承認：「等一下，我穿下衣服。」

顯然，浴室另有一扇門通往她臥室。她走進浴室，把門關上，把門閂閂上。有點防小偷似的。

我等了十五分鐘，她才出來。

柯白莎是對的。她曲線很好，滿養眼的。

她眼睛有靈活的黑眼珠。相信時機合宜的話會幽默地眨兩下。頭髮黑得發亮，某種角度光線下，幾乎是藍黑的。身材非常、非常正點。

她坐下來，看起來冷靜、舒適、乾淨。她說：「你倒說說看，有什麼事，找到什麼了？」

我說：「有些問題，先要請你說一說。」

「我把所有知道的都告訴柯太太了。」

我說：「你也許說了，但是她沒有記下來。」

「不會，我看到她記下來了。她手裏有一疊紙，一支鉛筆，把每件事都記下了。」

我說：「柯白莎對收費最有興趣。她一直在記你要付多少錢，所以——」

許小姐把頭向後一仰，大笑。

我說：「首先我們來談一下你姨母。照白莎說，她的名字是齊蜜莉，她住在克侖德街二二六號。你是她活著的唯一親戚，是嗎？」

「是的。」

「還有什麼？」

「你想要什麼？」

「每一件事。」

她猶豫一下，看著我好像要決定告訴我多少。她說：「我姨父在幾年前去世，留給我姨母一筆錢，沒有人知道有多少。」

我坐在那裏，不出聲。

她仔細選擇言詞，我知道她是在小心地研究，祇說到她要告訴我的程度：「我姨母今年五十二。最近幾年她變得非常自負自己的外表，以同年齡來看，我姨母外形是十分年輕的。她也儘了自己全力來保持這一點。她目前最熱心的遊戲是請別人猜自己的年齡。真如我說，她真實年齡是五十二，有人猜她四十五，她會對你冷淡一點。猜四十，她會笑笑。假如有人說三十七。姨母會痴笑，臉上發光，會說：『親愛的，你永遠猜不到的，我已經四十一了』。」

「她頭髮？」

「紅褐。」

「脾氣？」

「羞答答的。」

我說：「你是不是有點怕，怕這位找她的男士是認真著當件事在辦的？」

她看著我的眼睛說：「是有這意思。」

「你和你姨母關係如何？還友善？」

她說：「有一點我們不要誤解，賴先生。假如你是五十二歲，希望別人認為你是三十五，但是有一位甥女在身邊晃來晃去，她已經——賴，你看我幾歲了？」

我裝著仔細地觀察她。「三十八。」我說。

她突然暴怒，旋即懂了我的意思，仰頭大笑。

「二十四啦。」

我告訴她：「經你剛才教我的一套學問——」

「老天！」她說：「我真的像超過三十了嗎？」

「沒有。」我告訴她：「我本來是想說十七歲的，但是有你說了女人年齡心理學在前——」

「好了，別要了。」她中止我說。

我坐在那裏等著。

「反正，」過了一下她說：「我告訴你之後，你可以瞭解我蜜莉阿姨。她對我的友善是止於沒有男人在附近的。尤其這個男人出現後，她要我每次去前必須電話聯絡。換句話說，那個深髮，外表漂亮的男人去看她的時候，她不要我出現在附近。」

「他在那裏的時候，你有沒有出現在附近過呢？」

「一次。」她說：「就祇這一次蜜莉阿姨那麼快一本正經把我趕走了。」

「你姨母給你們介紹了？」

「別傻了。」

「那麼，你從來沒有正式和他相認？」

「沒有。」

「你想他要是再次見到你，會認識你嗎？」

「絕對的。」

「他祇見到你幾分鐘？」

「幾秒鐘。」

「祇有那一次？」

「是的。」

「但是他好好的看清楚你了？」

「他的眼光把我衣服都看透了。」

「他是這種人？」

「我想是的，至少他眼睛是的。」

「對待蜜莉阿姨，你想他的目的何在呢？」

「我想他準備賣給她什麼東西。」

「你告訴柯白莎，你怕他要賣股票給她。」

「希望這個是正確的結論。」她說。

「你不會在乎他勸她拿少數錢出來投資到股票上吧？」

她說：「賴先生，那男人要是祇想騙蜜莉姨母二萬、三萬元，我——我都願意把所有蜜莉阿姨的年齡心理學教給他，讓他去討好她。但是目前我真怕他推銷給她一件貨品，價格太高，但是一毛不值。」

「懂了，你怕他把他自己推銷了給她。」

「正是。」

「你姨母有意再婚嗎？」

「在這種情況下，我想會的，她受人奉承到了這一步——使她——我不想說，但是——」

「你可以不必說。」我說。

「你發現什麼了？」她說：「昨天後來怎麼樣？」

「我找到那男人，我跟蹤他。」

「他是誰？住哪裏？」

「他的名字是鄧默斯，住在溫契斯特旅社。不過昨晚很晚他遷出了。」

「遷出？你說離開了？」

「是的。」

「去哪裏了？」

「我不知道。」

「你真是個好偵探！」她生氣地說。

我說：「等一下，我祇知道有人要我跟蹤這個男人，和找出他是什麼人——就這樣。你沒要求二十四小時監視。付的錢也不是這種工作的價錢。」

「我付了錢，當然希望多知道一點。」

「會的，」我說：「我這不還在工作嗎？」

「他為什麼遷出？」

「我不知道，我希望能找出來。為了要找出來，我需要先知道一些事。」

「快呀，先去知道呀。」

「我要從這裏知道。」

「知道什麼？」

「從你開始。你結過婚？」

「是的。」

「結果如何？」

「觸礁。」

「男的是什麼人？」

「一位許先生。」她說：「許吉莫。許老太太的寶貝小兒子，你知道，小吉米。」

「喔！」我說：「是老調小吉米！小吉米怎麼啦？」

「每件事，都有些小毛病。」

「單獨生活多久了？」

「一年。」

「贍養費？」

「關你什麼事？」

「我不過問問。」

「我也已經回答你了。」

「你經濟上是不是在依靠你姨母？」

「沒有。」

「你們有其他親戚嗎？」

「沒有。」

「換句話說，你是她唯一的繼承人。」

「假如她死亡，我想我是的。但是她愛怎樣處理她財產，那是她的事。」

「我覺得你問一句說一句，沒有主動告訴我什麼。」

「我請你們是要你們給我消息的。」

「你對你姨母的態度有些疏遠了？」

她很有感情地說：「我很希望和她親近。她是我唯一的親戚。有的時候她會想念我。突然她喜歡起有男生讚美的遊戲來。不過從未有結婚的念頭，她怕別人是為了她的錢。她把握這個原則很緊，寂寞時就叫我去伴她。幾個禮拜之前她出了次車禍。自此之後，她就有坐骨神經痛，經常發作。她認為是車禍傷害引起的。她花了不少金錢，不少方法想治好它，像是放個空氣墊坐在輪椅上等等。」

「保險公司有什麼想法？」

「認為車禍是她的錯。」

「你說她喜歡見到男人？」

「你還講得客氣了一點。」

「給她一次兩次經濟上破點財，就會好一些的。」

「有可能——我看不出她在想什麼。我簡直不瞭解她——也許我知道。我很同情，但我總不能——」

「原諒？」

「我原諒什麼人？」她問。

「我看你不要自我分析，你該告訴我你的背景。」

「我父母在我三歲時死了。一次翻船，兩個都在裏面。蜜莉阿姨把我帶大。我連父母是什麼樣也記不起來。我祇記得蜜莉阿姨，她對我的千百件好處，和她的缺點。」

「說下去。」我說。

「蜜莉阿姨是個非常、非常漂亮的女人。」她說下去：「她和德孚姨父結婚，為的是可憐他。她完全是一時的衝動，但又不贊成離婚。婚後不久就發現男的本就有個不治之症。她儘一切可能使自己保持年輕，這樣德孚姨父死後她可以——反正她儘量保持年輕就是了。她想要一切從頭再來。」

「想法也有道理。」我說。

「然後，德孚姨父死了，她遇到了法蘭姨父。這時候，姨母已經很精明了。我第一個忘不了的印象是蜜莉阿姨站在長鏡前面，從不同的角度，看自己的身材面貌。她把我交給保姆管，後來住讀私立學校。」

「賴先生。想想看，那些年她保持自己年輕，等她先生自然死去，養成她祇為自己的習性。除了這一點，她又美麗，又聰明，絕對是一個出色的女人。」

「現在她受傷了?」

「是的,車禍。祇是很小輕傷,但她老強調有損害。過不多久發作坐骨神經痛一次,最近嚴重得要用輪椅了。」

「誰替她推輪椅?」

「家裏還有別人嗎?」

「歐蘇珊——傭人、管家、伴侶,廚師也是駕駛。」

「沒有。」

「你姨母,吝嗇?」

「又吝嗇又不肯和人分享秘密。」

「有錢?」

「老實說,沒人知道。她得到些遺產。她也投資。她看起來一直有錢。最討厭別人問她經濟狀況。」

「把車禍再和我說一下。」

「那不過是一件普通的十字路口事件。兩方各說各的。」

「解決了?」

「蜜莉阿姨火了一陣,叫了一陣,但是保險公司認為錯在她自己。她一個人開車,對方車裏有四個人,三個人都肯作證。保險公司和對方庭外和解了。蜜莉阿姨非常生氣。為這件事她把保險都退了。」

「再投保別的保險公司？」

「沒有，她說她保自己的險。她認為保險公司應該告車禍對方，要對方賠錢的。我在想蜜莉阿姨可能是對的。她開車小心，反應很快，但是我說過，另外那輛車有三個證人。」

我說：「有些話我們兩個應該先說到前面，許太太——」

「我現在用許小姐。」

「好，我們兩個彼此瞭解一下，可蘭。」

她說：「賴『先生』，你動作很快，我看得出來。」

「不算太快。我覺得沒有時間讓我們慢慢熟悉了。我也祇好實話實說了。你住的是中等價格連傢俱一起出租的——」

「你認為中等價格，你來付付租金看。」

「我知道租金不便宜，我祇是粗粗分一下類而已。你沒有車。你也許有點收入——贍養費。但你要維持好的衣服，維持一個最低限度但還過得去的公寓。你沒有電話，你收入少，你沒有錢。」

她賭氣不出聲。

「但是，」我說：「你給白莎兩百元，為了一個男人常在你姨母身邊出現。兩百元也是大數目，得來不易呀。」

「至少花出去很容易的。」她生氣地說。

「你還沒明白我的真意。像你這種生活的女人，一下肯花兩百元錢不容易，絕對不會祇為了懷疑，為什麼那男人要圍著蜜莉阿姨跳舞。」

「我說過，他是想出售什麼東西給她。」

「白莎和你談了很久。她說要兩百元。你一點折扣也不打，甚至沒有和她爭一下——」

「我應該和她討價還價的嗎？」

「有的人會。」

「結果如何？」

「結果更不好。不過這次我不是在說白莎。我在說你。」

「我看得出來。」

「換句話說，」我說：「你另有動機沒有告訴我們。」

她自椅上站起身來生氣地說：「能不能請你忙你的，把我要你們做的做好，不要在這裏咬舌根挖我的底？」

「我要儘可能找資料，這樣我可以幫你的忙。」

她諷刺地說：「賴先生，我要知道這些答案的話，我怎會願意付你那貪心的柯白莎兩百元錢，請她來給我找資料呢。我給她兩百元的時候，希望的是能派個人出去替我找消息，不是禮拜天早上來我家調戲我——」

「我沒有調戲你。」我告訴她。

「我知道。」她說：「但是你會的。」

「打個賭？」我問。

她輕蔑地看看我，說道：「好呀。」

「多少？」

「兩百元，」她說，又快快接下去說：「不對，等一下。你會——我是說我在洗澡你自己進來的樣子。你本來會——我是說打了兩百元賭，你就不會——」

「賭一百元。」

「不要。」

「五十元。」

「不要。」

「十元。」

「好，十元，」她說：「就賭十元。賭二十元時你會規規矩矩。我看你祇要能上一壘，你不會在乎輸十元錢。」

我說：「好，賭歸賭。我們現在回到老題目來。」

「你要知道什麼？」

我不在意地問道：「有沒有在科羅拉多州住過？」

「沒有。」

「認得一個叫傅東佛的嗎？」

「不認得。」

「他太太？」

「沒有聽到過。」

「認不認得一位盛丹偉？」

她睜圓眼睛問：「這和這件事有什麼關係？」

「沒什麼，祇是我想知道而已。」

「我——我認識他太太盛蜜妮。我認識她多年了。可稱是密友了。我不認識她先生，從來沒見過他。」

「蜜妮住哪裏？」

「住科羅拉多。」

「最近有來往嗎？」

「沒有。」

「看過今天報紙了？」我問。

她說：「副刊、漫畫。蜜妮和這事有什麼關係？」

「我還不知道。」我說：「你是她的密友？」

「是的，很親密。」

「最後聯絡是什麼時候？」

「喔！我想——大概一個月之前。不過我們經常寫信。」

「有她照片嗎？」

「有，當然有。我有一張她寄給我的照片，另外還有今年夏天我們一起在海灘上照的便照。」

「我們看看那些便照好嗎？」

「為什麼？」

「我想看看。」

「但這些照片，和我要知道去拜訪蜜莉阿姨的男人，有什麼關係呢？」

「我不知道，我要看一下這些照片。」

「你是世界上我見過最專制的男人，除了——」她停住。

「除了許老太太的寵兒，小吉米之外，是嗎？」

「真是如此。」她說。

我說：「好了，去把照片拿來，我們速戰速決。」

她走向一張小桌，打開抽屜拿出一個信封，裏面都是沖洗好的照片。

她把照片都拿在手上，邊翻又邊看，嘴角露出半笑，快快地把六張照片放進衣袋，拿了另外兩張交給我。

我看這照片。是許可蘭和另外一位小姐，二人穿很省布料泳裝的照片。照片照得非常清楚。許可蘭小小身材曲線玲瓏。和她在一起的女孩是昨夜我在雞尾酒廊遇到坐在另一桌的紅頭髮。

「這位是盛蜜妮？盛丹偉太太？」

「和我在一起那位，是的。」

「身材不賴。」我說。

「馬馬虎虎。」

「不能和你的比。」

「這是我付兩百元後得到服務的一部份，還是你額外的服務？」

「是我額外的。」

「我不一定需要別人阿諛。」

「其他的照片怎麼回事？」

她搖搖頭說：「兩個女人帶了個照相機，在海灘玩，不是每一張照片都能見人的。」

「這些照片底片都在信封裏嗎？」

「是的。」

「把這兩張照片底片給我好嗎？」

「為什麼？」

「我想要。」

她猶豫一下，伸手到信封裏拿出一張張分開的底片，走到窗前，一張張對了陽光選。她背對了我。我看到她肩在動。她選出兩張，交給我。

「有空信封嗎？」我問。

她不回答我的問題，把信封中餘下的底片倒出，把空信封遞給了我。

我看她交給我的底片，每張是二又四分之一乘三又四分之一吋的。無怪印出來那麼清楚。要放大也是最好的。

「照得真好。」

「請你把阿諛話越少說越好。」

「我是讚美照相的人。」我說。

「喔。」

我又看看底片：「沖得也好。」

「我的照片幾年來都是街角那家照相館沖洗的。」

「你和盛丹偉沒有來往？」

她笑笑，搖搖頭說道：「我想盛丹偉不喜歡我。我使他想到蜜妮的過去。」

「蜜妮有不能想的過去嗎？」

「別傻了，男人都希望太太沒有過去。妒忌、多心。」

我說：「你該看看報紙的新聞欄。」

「為什麼？」

「蜜妮已經死在一個汽車旅館裏。安樂窩汽車旅館。離本市八到十英哩。她——」

許可蘭一步跨向小桌，把報紙翻開，把副刊和漫畫拋向地上，我指給她看汽車旅館那一段。

她站在那裏不知是因為迷惑失神，還是儘量在假裝，我把其餘的底片一起拿去，放進口袋，走出門，輕輕把門帶上。

她甚至沒有聽到我離開了。我關門的時候瞄了她最後一眼，她睜大了驚恐的眼神，盯著看新聞。

電梯不在三樓上，我沒有去等電梯，一腳跨二級樓梯，我跑下樓，爬進公司車，開了就走。

四條街過後，我把車停下，把底片拿出來看。

其中二張底片是全裸的。其他四張中，兩位小姐穿著泳裝，但另外有一位男士和他們在一起。盛蜜妮的頭靠在他赤裸的前胸上。一組人都興高采烈。

我把六張底片和另外兩張放在一起，都裝進信封。信封是照相店印好的。上面一欄有鉛筆寫著：「每張印三份」。

第五章　一件汽車車禍

我把公司車停在克侖德街白色洗石子獨家小房子的前面，自己跑上門口的梯階。

一個五十左右滿臉憔悴的女人，笨拙搖擺地自走廊走過來。我可以經過門著的紗門看得清清楚楚，紗門裏面的大門是敞開著的。

她站在裏面，很高，一點笑容也沒有，透過紗窗用目光仔細地看著我。

「賣什麼的？」

「不賣東西。」

「你要什麼？」

「要見齊太太。」

「為什麼？」

「一件汽車車禍。」

「車禍怎樣？」

「我要問問當時發生情況。她保險公司如何付錢了？」

「你為什麼要問這些事？」

「見了齊太太我會告訴她的。」

她既不說「等一下」，也不說「我去看看」。她祇是轉身。我可以看到她高高瘦瘦的個子，不慌不忙搖擺走回走廊去。

我聽到說話聲。然後她轉回來。她長長細細的腿在肢關節上慢慢地甩呀甩的。她又站在門內問：「什麼名字？」

「姓賴。」

「叫什麼？」

「唐諾，賴唐諾。」

「哪一家保險公司？」

「哪一家都不是。」

「你為什麼管這閒事？」

「我自己對齊太太說。」

「你有沒有和另外一邊的人談過？」

「沒有。」

「和保險公司談過？」

「我祇願意把消息供給齊太太。」

「她祇願意你把消息給我。」

我說：「告訴她，她把我推出去，就祇好忍受這種不合理的和解方式了。假如她想證明自己無辜，最好見見我。」

「對這件事，你知道什麼？」

「不少。」

漆黑的眼珠透過紗門又重新審視了我一次。再次轉身，她又走下走廊。這次足足等了一分半鐘之久，她走回來，打開紗門。

我走進去。她在我身後把紗門閂上。

「走哪裏？」我問。

「走廊下去，」她說：「左手第一間。」

我走下鋪了長毛地毯的走廊，走進左手第一間房。那是間會客室。

坐在輪椅上的女人，是很好看的。

她頭髮是豐盛的紅褐色。臉上可以說是極少皺紋。雙目靈活，有智慧，警覺性高。要不是下巴下皮膚有點鬆，她真的在年齡上可以唬一唬人。

「賴先生，你好。」她說：「我是齊蜜莉。」

「齊太太。」我鞠躬致意：「真高興你肯見我。真抱歉在禮拜天來打擾你。但是，禮拜天是唯一我能用來收集我在做這件工作資料的日子。」

「你在做的這件工作，是什麼工作呢，請問？」

我說：「我是個自由專題作家。」

她嘴唇保持著固定的微笑，但眼睛已失了熱誠，冷冷地說道：「一位作家？」

我有感情地說：「我在寫篇有關保險公司，和他們作業情況的報導。我要揭穿他們的是他們似乎在鼓勵偽證。當一件車禍發生，假如一方是單獨駕車，另一方車內有不少人。保險公司不管單人這一方是如何誠實有信望，總是取悅於人多的一方，不敢站出來伸張正義。而且——」

「你說對了。」齊蜜莉憤恨地說：「我從來沒有這樣委屈丟臉過。我想你一定對我的意外調查過。」

「祇是大體上的瞭解。」我說：「我知道你是一個人開車。」

她猶豫一下說：「是的。」

「另外一輛車裏有三四個人？」

「四個人，」她說：「無知的粗人，正是為一點點小錢肯說天大的謊，這一類人。」

「是在十字路口發生的？」

「是的，我開到十字路口。我向右一看，沒車要過來。我祇向左匆匆瞥一眼，心裏想著路權在我，左側車應該注意我才行。我自已祇要注意右側車。」

「發生什麼事了？」

「這些受不了的人撞上我了。他們從左側過來。他們開得飛快，我到了交叉口很久，他們才進來。但是他們竟敢說，他們先到交叉口才見我進來。竟敢說我開太快了。我停不住。是我去撞他們的。」

「是不是呢？」

「是我的正面撞到他們的側面。」

「那麼不是他們撞你，是你撞他們？」

「他們把車直接放到我車的前面。」她說。

「我現在知道保險公司為什麼有不同看法了。」

「我看不出來。」她生氣道：「你要同情保險公司的話，你可以離開這裏了。」

「我誰也不同情。」我說：「我試著找出事實真相。」

我一進來就拿出一本記事本和鉛筆。現在，我連記事本也懶得打開，我把記事本和鉛筆放回口袋，又向她一鞠躬。我說道：「齊太太，謝謝你接見我，能見到你很高興。」

「但是我還沒有告訴你車禍的事。」

我不安地說：「我——我多少知道了一點情況。」

她冒火地說：「因為對方有四個人，你想我一定是錯的！」

「不是這樣的。」我解釋道：「我祇是感覺你的事件，不是我想選用來寫專題，那一類的。」

「為什麼？」

我說：「我想寫一部份匆匆和解案子的危險性。駕駛人和保險公司本來是對的，但是因為錯的一方人多，保險公司認為打官司牽涉太廣，不願按理力爭而賠錢了事。這等於是鼓勵人多的一方做偽證。」

「你怎麼會認為我的案子不是這一類的呢？」

我猶豫地問：「你受傷嚴重嗎？」

「我左髖受傷了。」

「是不是快痊癒了？」

「是的，已經可以走了。但自從車禍後，我一直有坐骨神經痛。最近更厲害。每天靠空氣墊，阿司匹靈。」

「真委屈你了。」我同情地說。

「而且，我還怕有一條腿會終身比另一條腿短一點哩。」

「不要太耽心，時間久了會好一點的。」

「時間久！」她嫌惡地說。

我不說話。

她又看了我一下說道：「我的腿還一直是滿——好看的。」她停頓了一陣，好像使我相信她說話的慾望戰勝了羞怯，她把裙子拉起，給我看她的左腿。

我吹了一下口哨。

她趕緊把裙子向下一拉，「我給你看，又不是要你吹口哨的。」

「不是的？」

她說：「我祇是證明給你看我不是亂蓋的。」

我說：「你是證明了好的曲線，不是亂蓋的。」

「你也許說對了，但是想到另一條腿也許會短一點。還有什麼曲線好講。」眼淚自她眼中流出。

「我不太相信會變短。」

「已經短了一點了。我骨盆向上提了一點。因為不用肌肉的關係腿肥了一點。你知道，我已經不像以前年輕了。」

我容忍地微笑著。

「真的不似以前年輕了。」她說：「你看我多少歲了？」

我把我嘴唇收縮起來，不十分經意地說：「我看——你可能超過三十五了。不過你現在問我這個問題不是時候，因為女人在輪椅上看起來一定老一點的。假如你在街上走，我看——總是三十五左右吧。」

她向我笑笑，「你真認為如此？」

「不會太離譜的。」

她說：「四十一啦。」

「什麼？」我不信地說。

她向我痴笑：「四十一。」

「至少你看起來沒有那麼老。」

「其實是我心理沒有那麼老。」

我說：「好了，有空我會找一下保險公司，把你的案子再瞭解一點。說不定還是可以在我報導裏提一筆的。」

「我保證值得提到的。我也真希望你能寫這樣一篇報導。保險公司也都太自負了，太自信他們這一套是對的了。」

「他們之間彼此照應的。」我告訴她：「被保人信譽不是他們的興趣。出了事私下妥協，大事變小是他們專門。他們最不喜歡有律師進來混。其次不喜歡上法庭。至於賠點小錢，直接給當事人，那是在他們預算之中的。」

「我也有這個想法。」

我用頭示意向她輪椅旁邊桌上的報紙，「看到那件謀殺案了？」我問。

「什麼謀殺案？」

「安樂窩汽車旅館的謀殺案。」

「喔。」她不經意地說：「那件謀殺情婦再自殺的老把戲。我看到標題了。」

「你沒看內容？」

「懶得看。」

「有個科羅拉多來的人，」我說：「男的名字叫盛丹偉——不對，等一下，死的男人叫傅東佛。是聖羅布人。盛丹偉是死掉女人的先生。女人叫蜜妮。」

齊太太心不在焉地點點頭，她說：「我真希望你能和保險公司聯絡一下。問問一位史先生，問他對這件案子的看法。然後希望你告訴我，他怎麼說。不知道你肯不肯再回來見我一次？」

「也許。」

「我真會十分感激的。你是作家，你寫點什麼？」

「噢，各種東西。」

「用你自己真名？」

「不是，大都是筆名，有的時候用化名。」

「為什麼用化名呢？」

「我寫很多『真實故事』和『真人真事』一類的東西。」

「你的意思這不是真的？」

「我寫的都不是的。」

「我一直以為這些都是真的。」

「喔，我挖掘故事，以第一人稱修飾一下寫出來。所以我對離婚，謀殺一類消息都不會忘記。」

「所以你剛才在談到那件案子。」

「我想是的。」

她說：「我自己也常希望能寫點東西。告訴我，是不是很難？」

「一點也不難，祇是開頭難一點，有了第一次，以後一點也不難。」

「既然不難，為什麼不大家都來寫呢？」

「是大家在寫呀。」我說。

「你知道我什麼意思，把寫的東西賣出去，賣給雜誌，很困難吧？」

「喔，賣出去！」我較大聲地說：「困難，困難。寫很容易，賣出去困難萬分。」

她大笑，笑得很開心，說道：「你實在非常好玩，賴先生。你能不能坐下來和我聊一會兒呢？」

「我不想太——」

「沒關係，還是禮拜天，我又是一個人——不過，當然我也不想佔你太多時間。」

「沒關係。」我告訴她：「我也很高興能——不過我想這些保險公司已經知道我這個人在做什麼，所以他們已經想了些方法阻止我做下去了。想想看，像你這件案子，假如我找到了一個證人，他肯說保險公司聽從的證人根本是胡說八道，實際上你說的才是真話。不知道保險業會臉紅到什麼程度。」

「我最高興，不要讓他們阻止你了。」

我羞怯地說：「我昨天想來拜訪你，但是沒敢進來。」我微笑，又讓微笑變成祈求對方原諒自己怯懦的笑聲。

「你沒敢進來？」

「是的。」

「怕什麼？」

「怕位年輕，穿著漂亮的人，我想他是偵探。」

「怕什麼？有什麼好怕，賴先生？」

我說：「他很高，穿了件灰的雙排扣上裝，抽著香菸。他幾乎和我差不多時候從車裏出來。他比我先到這個門口按鈴。我回車兜了一圈停在看得到他車的地方。我認為他一定是保險公司派來看我工作的人。我幾乎想把你的案子除外了。但是你的案子是我在找的標準一類，所以我今天又來了。」

「他不是個偵探。」她說：「絕對不是，他是——是個很好的年輕人，正像你一樣。」

我笑著說：「那我就放心了。是你的朋友嗎？老朋友？」

「不是太久。」

我等她開口。

她說：「他是個好人，很好的年輕人。」

我說：「我還是覺得他像偵探。」

她沉思著。

「你是怎樣認識他的？」我問。

她說：「可以說是偶然相遇。他很有錢，在一個礦區有股份，他不必工作。他是你稱作花花公子一類的。我有什麼可以吸引住他的，我實在自己也不知道。」

她臉紅了起來。

「他當然是看到我的了。」我說。

「賴先生！你忘了我的年齡。那個人不會超過——反正，他比我年輕多了。」

「我打賭他比你大一點。」

「喔，賴先生，你真會講話。」

「你知道我是講實話。」

她端莊地說：「別這樣說。我從來沒這樣想過。鄧先生祇是對我好意而已。」

我解意地笑笑。

她滿意得有如一隻鳥用喙在整理羽毛。

我說：「我真抱歉，請你原諒。」

「原諒什麼？」

「我有點，交淺言深了。」

她淘氣地說：「女人就喜歡交淺言深的男人。」

「真的嗎？」

「你不知道？」

「我——我從也沒有想過這問題。」

「她們喜歡這一套。」她說：「記住了。」

「我會的。」

她切望地看看我說：「你會回來看我的，是嗎？」

「喔是的！我一定還要回來好多次。我要調查一下，然後回來多問幾個問題。」

「我喜歡你會回來。我希望也能出力幫你對付保險公司。」

我站起來。她拉高了嗓子說：「蘇珊。」

女傭蘇珊不知從什麼地方突然出現，面帶懷疑。

「賴先生要離開了。」她對女傭說：「他以後常常會來。不論他什麼時候來，我都要見他。蘇珊，不論他什麼時候來，都帶他進來。」

女傭祇是把頭點點。

女傭走到房門口，向邊上一站，我走在前面來到走廊。我自己把紗門門閂打開，她祇是站在門口。

「再見，蘇珊。」我向她微笑。

她板起面孔對我說：「你騙得過她。但騙不過我。」一下把紗門碰上，閂起。

我走向公司車，不斷想這件事。公司車是停在路旁沒有鋪水泥的泥土地上的。車尾端地上有清楚的平底女鞋印。我慶幸我們的二號公司車登記的車主並無其人。

第六章　傅太太的不在場證明

我把公司車開回我們月租的停車位置，把車鎖上，走向我們辦公室所在的大樓。

我看到對面有動靜，一輛警車自停車位快速出來，開得很快。洛杉磯總局兇殺組的宓善樓警官在方向盤後面，輕蔑地露齒而笑著說：「嗨，聰明鬼。」

「嗨，大偵探。」我請問他：「不會是專門找我吧？」

他說：「祇是問你幾句話。還真不容易找到你。白莎說你出去辦案了。」

「是的。我是的。」

「什麼案子？」

「別傻，你知道我不會告訴你的。」

「假如我換一種方法問你。你不告訴我也不行。」

「我已經找你三、四個小時了，賴。你今天出動得很早呀。」

「早不早是個相對的說法。」我說：「要看你是為白莎工作，還是為付稅人工作。」

他沒有空和我耍幽默。他伸手把右前車門一開，自己還坐在方向盤後，發令道：「進來。」

「我們去哪裏？」

「去個地方。」

「做什麼？」

「先別管，進來。」

我進車，他把門拉上，立即給車吃油快速離開。

「為什麼不告訴我，我們要去哪裏？」

「暫時不行，我目前不要問你問題。我在自己立場清楚前，也不要聽你任何自白。等我想清楚後，我會一件件問你的。」

我靠向坐墊背上，打了個呵欠。

宓警官打開警笛，警車在凍結了的車流中猛開。

「一定是緊急的事吧。」我說。

「我祇是不願混在週日上午車隊裏慢慢泡。給他們點警笛聽，對他們有好處。看——這渾蛋！」

宓善樓把車滑向一側，差點沒和一輛探出頭來的車子撞在一起。

閃過險境，宓善樓一下把車煞停，正擬有所行動的時候，另一輛警車閃著燈光在車陣中出來。坐在車中的制服警察喊道：「我來找他！」

「叫他罰款，」宓善樓叫道：「叫他去講習。」

警員點點頭。

宓善樓一腳踩在油門上，說道：「這種人應該關他起來。」過了一下又說：「不要放他出來。」

「沒錯。」我說：「你看，有人像你，拚命的在出生入死——」

他用眼角看我一下：「少貧嘴了。等一下有的是你講話的機會。」

「好吧。」我說：「現在不說，等一下有的機會說。」

又過了三分鐘，我知道他要帶我去哪裏了。我閉住嘴巴坐著，對立即要發生的事算計著。

安樂窩汽車旅館，白天在陽光下看起來，單調而沒有真實感。晚上不同，前面的大霓虹燈照得一半以上的地方多姿多采。過往的車輛看得到整齊的碎石進路，二側不規則互不干擾地安排著一間間單獨的白漆平房。真可稱是寧靜的安樂窩。但是白天不然。大太陽下這些白漆的房子斑斑點點急需油漆。房子的外表也窘態畢露。

宓警官把車開進車道。「跟我來。」他說。

我跟他進去。

經營這裏的女人，看看我們兩個人。

「見過這個人嗎？」宓善樓問。

我看著她。

「就是這個人。」她說。

「哪個人？」

「我告訴過你的這個人。那個乘傅東佛車子來的人。是他寫的『傅東佛夫婦』，是他寫的『聖羅布，柑橘大道六二八五號』。車號也是他寫的。不信對他筆跡。」

「那個和他一起來的女人怎麼樣？」

她嗤之以鼻：「爛貨一個。不過我告訴你，這小子倒是個嫩貨。他跑進來還騙人說車裏的女人生病了，要用洗手間。我告訴他洗手間是沒有的。我有房子出租，裏面有浴室。你知道這小子說什麼？」

宓警官思索地看著我：「他說什麼？」

「他說他要去問那女人。」

宓善樓露齒一笑。

「我差一點不願把房子租給他。」她說：「都是這種人使正經生意聽起來有問題，我現在真希望當初相信了自己直覺，一腳把他踢出去。一對外行——這就是他們。我這地方本來就不歡迎年輕孩子。」

「他不是年輕孩子了。」宓善樓說。

「做出來的事情像。」

「跟他在一起的女人，怎麼樣？」

「我沒有仔細去看她。」那女人厭倦地說：「我從來不喜歡去看她們。有的大模大樣無恥地站在那裏。大多數不願被人看到，坐在車裏不關心的樣子。令人作嘔！」

「但是你至少看到一眼，」宓善樓說：「是不是紅頭髮——」

「不是，她很小，她金髮。我祇看到這些。都對警察形容過了。」

「之後呢？」

她說：「這個人登記了。我帶他們下去，告訴他們哪一個房，拿租金，回來。那時我尚有三個空房。一小時半後都租了出去。最後一對對於鄰房的收音機聲不太滿意，所以我——」

「你聽到槍聲了？」

「我認為是卡車逆火。根本沒想到——」

「三聲？」

「是的，一共三聲。」

「這個人租房子之後？」

「是的。」

「多久之後？」

「我不知道——也許十五分鐘——也許沒那麼久。十分鐘。」

「會不會比十五分鐘久？」

「還是有可能。我真沒太注意。假如我想到這是槍聲，我會看時間。假如我知道這個人會有麻煩，我根本不租房子給他。我不會算命。」

「這不能怪你。」宓善樓說：「之後呢？」

「十一點鐘我才把最後一間房子租出去。那是最接近出事房子的一幢。是一幢雙併。是這裏最大最好的。有四個人來，這房子正適合他們。我帶他們下去。那時我注意到這間房子燈亮著。收音機也沒有關。」

「在這之前，沒有人向你抱怨？」

「沒有。我想其他房子也不一定聽得到太響的聲音。但是這幢空的雙併和這一幢最近，聽來是很響。那四個人說他們太累了，要快快休息。所以我告訴他們，我會立即請隔壁把聲音弄輕。」

「你過去了？」宓善樓問。

「我都對你們說過了。」

「再說一次。」

「我走過去敲門。沒人應門。我再大聲敲，還是沒人。我試門鎖。門是裏面鎖著的。我有點生氣了。我用我的通用鑰匙把裏面的鑰匙戳出來，再把門打開。他們倒在地上，弄得我地毯都是血。我們那麼正經的地方，出這種事。這地毯我三個月之前才換上。目的是這地方多做點生意。我又不能未卜先知，我——」

「你馬上報警了？」

「是的——現在你在這裏，我正好請教一下——我已經收了那四個人房租，把房子租給他們了。他們聽到警車，那麼許多人的騷亂！他們說他們不願再在這裏睡覺，堅持要退租。我告訴他，他們要是正經人的話，不必在乎外面多亂，可以關起門睡他們的。但是他們說，我不退回他們錢，他們要告我，要叫警察捉我去。他們可以這樣做嗎？」

「不能。」宓善樓說。

「我也這樣想。謝謝你告訴我。」

「之後怎樣了？」

「他們清晨一點鐘離開了。他們說不願在兇宅的邊上睡覺。他們決定沿路再找地方睡。我希望他們找不到。」

我看看善樓，善樓說：「給我形容一下那四個人。給我看他們的登記，把他們車號給我——」

女人伸手在登記卡裏找。「不必現在。」宓善樓匆匆加一句：「我過幾分鐘再回來。你把東西準備好。寫下來。我回來拿。」

宓善樓抓住我手臂，帶我向外出來。「現在輪到你開口了，唐諾。」他告訴我。

我搖搖頭。

「說吧！」宓善樓說：「否則你擺脫不了。」

我說：「我不能告訴你呀！這是我在辦的一件案子。」

「辦案，老天。」宓善樓說：「這一點我早問過白莎了。」

「我還是告訴你這是在辦案。一個女士給了我兩百元錢，她要她——」

「說下去。」宓善樓看我停下來，催著我說。

我搖搖頭，說道：「再說下去就要背棄客戶的機密了。在她沒同意前，我不能再告訴你了。」

「你要肯說話，我們可以早日把這件事解決掉。對你也會有好處。」

「不行，善樓，我告訴過你，還是一件在辦的案子。」

「亂講，是你自己私人釣了個馬子在鬼混。白莎自己清楚地告訴我的。你再堅稱是辦案，連執照都會混掉的。我一直對你們兩個合夥的公司忍耐，因為白莎規規矩矩。在我看來，你一直是走彎路的。」

我說：「我告訴你我是在辦案。是和傅東佛有關，但是和謀殺案完全風馬牛。」

「私家偵探有責任和警方合作。你記得責任嗎？」

我說：「善樓，報上說這是自殺，戀愛悲劇。兩個大傻瓜。他們自己要選這條出路，那也是他們的事。警方說來，全案已結案了。你也知道是這樣的。」

「還是有些地方有點問題。我們頭子要我們查清楚。」

我說：「沒什麼好查的。兩個人都死了。從莎士比亞以來老故事了。」

「但是，他的汽車停在這裏，是有什麼地方不對勁。我自己也想弄弄清楚。」

「即使我把全部知道的都告訴了你。不對勁的地方會更多。」

「誰是你的客戶？她要你幹什麼？」

我搖搖頭。

宓善樓說：「在這裏等我。」

他的腳步重重地踩在碎石路上，走回汽車旅館辦公室。他在裏面待了五分鐘，走出來的時候，手中摺疊著一張便條紙。爬進警車他說：「好了，我們再跑一個地方。」

這一次，我們去聖羅布。

柑橘大道六二八五號是戰後所造，外面裝飾很美，但是建材缺乏，裏面造得不十分道地。造的時候沒有建築圖，造到那裏算那裏，造成後看起來受到墨西哥東北部建築型式影響很大。

二十年之前，這幢房子可能尚是建築商的示範作品，房地產商的辦事處。今日叫他兩房帶廚廁，是個較大的洋娃娃房子而已。

我們經過一個小小的圍院門。宓善樓按門鈴。

來開門的女人哭過，而且哭到知道哭泣並無補於事才停止。現在她迷惘，試著適應突然而來的環境變化。

「認識這個男人嗎？」宓善樓問。

她搖搖頭。

「真抱歉打擾你。」宓善樓說：「但是我們要進去一下。」

傅太太站向一側，替我們把門開直。

「孩子們哪裏去了？」宓善樓問。

「暫時寄在鄰居家。」她說：「我認為暫時不要在家好，不少人進出、討論，你知道。」

宓善樓說：「這樣也好。我們兩個不會待久的。」

宓善樓自己坐進一張沙發椅。兩腿交叉，把上裝衣襟向後，兩隻大拇指塞進西服背心的臂孔裏，說道：「我不喜歡耽誤你時間，你再看看，當真沒見過這個人嗎？」

她看看我，又搖搖頭。

「你沒有僱用他跟蹤你丈夫？」

「沒有，什麼話，沒有。我從來沒想到過他會有什麼不對。」

「你認為丈夫在辦公室加夜班？」

「不是在辦公室，祇知道他在哪裏有事。」

「過去兩個禮拜，他有像以前對你一樣專心嗎？」

「是的——甚至還好一點。衹幾天前東佛回來我還在想有這樣個丈夫多幸福。他還在讚美我——實際上是昨天——但是像一個世紀以前一樣。」

宓善樓看看我。

「保險問題怎麼想？」我問。

宓善樓問我：「你什麼意思，聰明人？」

「沒什麼？」我說：「你在這裏拚命亂搗傅太太的心境，我想你應該換一點切合實際的玩玩了。」

「那也該由我來發問。」他說。

傅伊琳說：「幾個月前，我才說服他重新投保。照目前的生活程度，他賺的每個月留不下多少錢。所以我說服他使我和兩個孩子有點保障。他投保了意外險，每個孩子一萬五，我一萬元。」

「這樣很好。」宓善樓說。

「這是多久前？」我問。

「去年秋天——我今天打過電話給保險公司的人。他們告訴我，這種保險凡是受保人在投保一年內自殺，是無效的。我衹能取回所付的金額而已。這是目前我有的每分錢了。」

「房子怎麼樣？」宓善樓說。

「名字是我們的，但有大部份是貸款。賣掉了可以維持部份生計，但是——我得住別的地方去。孩子就……」

她停住話題，在估計局勢。越想越驚慌：「我目前真不知該怎麼辦。我該怎樣——老天，沒有收入。我——沒有……」

「先別驚慌，慢慢來。」

「這項保險，」我問：「是單純的人壽保險嗎？」

「是的。意外死亡是雙倍付款的，你知道——車禍什麼的。沒保險前我每次想到這樣一個家，萬一他有事怎麼辦，就寢食難安。保了險之後就鬆了口氣——現在他們告訴我，他們不會付款——」

「沒錯。」宓善樓說：「自殺是領不到賠款的。」

房間裏靜了一陣，宓善樓說：「我實在抱歉，傅太太。但是你必須要跟我走一趟。你要去見個人。」

「假如一定要我去，我就去。」她說。說話的語氣有如高興脫離這個環境。

「暫時離開這裏有問題嗎？」

「沒有，我把門鎖上就行了。小孩都在鄰居家裏。」

「好，」宓善樓說：「準備一下，走吧。」回過頭來，有敵意地對我說：「聰明鬼，你少開口，這裏不需要你發言。」

「我無所謂。」我說：「不過我可以告訴你，你現在腦子裏想的一招，走的方向不對。」

「不必發表意見。」他生氣地說：「我目前還不知道怎樣對付你，我——要是這件謀殺案就好了。我早把你送進監獄了。」

我沒有回他話。宓警官不是在想辯論的情緒。

傅太太用冷水沖沖眼睛，匆匆化妝了一下，拿起帽子和大衣，參加我們的行列。

宓善樓又把車開到安樂窩汽車旅館。經營的女人出來，看看傅太太，搖搖頭。

「不是她？」宓善樓問。

「不是。」她說：「跟他一起來的女人要小得多。小巧玲瓏，長頭髮，大眼睛。嘴唇很厚。」

「你不會弄錯吧？看清楚一點。」宓善樓說。

「絕對錯不了。」女人說：「這個女人，是結過婚，有丈夫的。那個小個子是逃家的落翅仔，有點怕。是混的，但是不太習慣和別人在汽車旅館裏過夜。」

「你不是說她是爛貨嗎？」宓善樓問。

「是說過的——這樣說好了。她是個裝模作樣的小太妹。她在怕一件即將發生的事。我想是怕被人發現在外過夜。」

「你怎麼知道這個女人結婚有丈夫？」宓善樓說。

「我一看就知道了。這個女的已經安定下來了。她不再為自己想了。她有個家，有孩子，也許兩個孩子。昨晚上的小爛貨還沒找到頭家。除了關心自己，其他統統不在心上。」

宓善樓說：「你像會看相的了。」

「本來就是。」她說：「做這一行招子不亮怎麼行。」

「昨晚那女人幾歲？」宓善樓問。

「比這個女人年輕，年輕得多。」

「還要小？」

「小。」

「輕？」

「輕得多。」

宓善樓歎氣，發動汽車。「好吧。」他洩氣地說：「也是沒辦法的事。每種可能性都要想到而已。」

我們回聖羅布的時候，我不在意地向宓善樓說：「你認為槍響是幾點鐘，警官？」

「十點十五左右。至少我們認為差不了太多。聽到的人不少，但沒有一個人會去看看時間，都是事後再來推算時間的。不過，十點十五分，差不多。」

「每個人你們都問過？」我問。

「嗯哼。」

「問過傅太太嗎？」

「跟她有什麼關係？」

「問過她嗎？」

「你什麼意思？」傅太太問。

宓善樓同時把疑問的目光向我一瞥。

我說：「傅太太，我知道你昨晚一定很難過。你是什麼時候知道你丈夫死掉的？」

「清晨一點鐘，警察來把我從床上叫起來。」

「當然，這是個大震驚。」我說：「你馬上想到還有保險金可拿來維持。你稍稍鬆了口氣。」

「是的，」她承認。「我還一直認為可以拿保險金，後來我和他們一談，才——但是，你們為什麼要問我槍響的時間？」

「他祇是要知道槍響的時間，你在哪裏？」宓善樓說：「他是用間接方法，問直接問題。」

「我當時在哪裡！我當然在家裏。」

「有人和你在一起嗎？」

「當然沒有。我先生不在家。我和孩子在家裏。」

「孩子們在哪裏？」

「在床上。」

「我說十點十五分的時候？」

「我也是說這時候。」

宓善樓看看女人，看看我。

「賴，」他說：「有的時候你的想法真怪。」

「是嗎？」

宓善樓說：「傅太太，我不願意打擾你，但是也有可能你溜出家裏，到那汽車旅館，看到你先生在裏面，你大吵——」

「喔，亂講！」她叫道。

「因為你大吵大鬧，」宓善樓沒有理會她的打岔：「可能使你丈夫槍殺了他的情婦，然後自殺。」

「但是我沒有離開家門。」她說：「再說，我怎樣去法？我沒有車。」

「你是沒有車，你告訴我們你以為先生在工作。但是——等一下，賴，你也許對了！傅東佛並沒有把車帶出去，他把車留家裏了。傅太太把車開到汽車旅館，大吵一場。結果引起這場悲劇。她不敢開車回家。她——」

宓善樓自動的聲音減小，終於不再說下去。

「觸礁了？」傅太太諷刺地說。

「不是，」宓善樓說：「才起錨而已。你有沒有任何方法可以證明你十點十五分在哪裏的嗎？任何可以證明的，都行。」

她猶豫了一下，說道：「當然，我有。」

「是什麼？」

「昨晚正好十點十五分有個男人打電話來。」她說：「問我先生在不在家。他又說起一個哈雪儷，問是不是我妹妹。我告訴他我沒有妹妹。所以他掛斷了。我祇要找到這個人，他就可以——」

「多方便。」宓善樓揶揄地說：「找到他就可以了。哪裏去找？」

「假如你肯讓報上去登出來，他看到——」

「我們也許會。電話是你自己接聽的？」

「是的。」

「和這個人說話了？」

「有。」

「他會記得你的聲音嗎？」

「應該會的——他再聽到我聲音應該想得起來的。至少他會說，這個時間，這個電話號，有個女人聽他的電話。那你就不會對我再有什麼疑問了。」

宓善樓開了一段路，大家不說話。

傅太太又問：「你想我在他們出事後，怎麼回家的呢？」

「也許攔便車。」宓善樓說：「進去的時候，你把車鎖上了。事後你又怕——等一下！賴唐諾的卡片在零錢包裏。傅太太，你的零錢包在那裏。」

「在我皮包裏。」

「給我看看。」

她開皮包，宓善樓把警車拉到路旁停車。他把傅伊琳交給他的零錢包看了又看。說道：「這也沒證明什麼。」

「更沒證明你對的。」她生氣地說：「你認為我受到的還不夠，再要來落井下石。」

「對不起。」宓善樓說。把車開出停車地方，皺著眉頭一路開向聖羅布，好像全神在開車。他沒用警笛，而且開得很慢，有一兩次我覺得他在阻礙交通。

傅太太也不再說話。白板一樣的臉，直視車窗之外。

我們回到聖羅布的房子前。宓善樓說：「我還想看一看這地方。請你給我看看小孩睡的地方和電話的位置。」

我在後座移動了一下位置。宓善樓回頭自肩頭向我說：「你就坐在那裏，賴。」

我把自己坐舒服了，點上一支菸。

宓善樓進去了十分鐘。出來的時候嘴裏多了支雪茄，尾巴已被咬得像團爛布。

他自己在方向盤後把座位調整了一下。把車門一下關上。轉向我說：「賴，你這個渾蛋，總有一天我把你牙齒統統打掉。」

我無辜地看向他，「為什麼？」我問。

「我要知道為什麼就好了。」宓善樓冒火地說：「就是因為不知道，所以我在生氣。」

第七章　知人知面不知心

宓善樓在我們進城的半路上把警笛打開。我們又快速上路了。

「你可以把我送回辦公地址。」我告訴他。

「我對你還沒完呢。」

「還要去哪裏？」

他說：「等一下就知道了。」又在油門上加了點勁。

我們呼呼叫地通過假日的擁擠交通。他把車停到海狸溪大旅社的門口。

宓善樓走進去的時候，一個便衣向他點點頭。

宓善樓走到他旁邊，說道：「他在幹什麼？在房裏？」

那人點點頭。

「一個人？」

「是的。」

「打過電話？」

「餐飲部之外，沒有。」

「他在幹什麼？」

「孵豆芽。」

「很好。」宓善樓向我一招手說：「賴，跟我來。」

我們一起進電梯，在十一樓出來。宓善樓已經來過知道方向。他向走道領先走去，停在一一一〇房間前面，敲門。

「什麼人？」門裏有人問道。

「來，把門打開。」宓善樓不耐地叫道。

房裏有人走動的聲音，一個高瘦的人把門打開。他寬肩平腹，穿著合適，而且穿著的人自信身材好看，人也英俊。他有深的鬈髮，長而有信心的嘴型，大灰眼，曬成古銅色的皮膚。

他在喝酒。兩眼有很多紅絲。是因為酒精還是其他原因則不得而知。

「歡迎，歡迎。」他說：「老朋友宓警官。兇殺組，是嗎？請進，這次你帶了個什麼人來？」

宓善樓根本沒等他邀請，早已把他推向一邊，自己走了進來，我緊緊跟在他後面。把門用腳踢上。

「認識這個人嗎？」宓善樓問。

那人看我一下，搖搖頭說：「他什麼人？」

「賴唐諾。一位偵探。」

「他要什麼？」

「他不要什麼，我要。」

「你要什麼？」

「我要知道他的一切。」

「問別人去比較有用。」

我問：「為什麼不替我們介紹？」

那男人說：「我是盛丹偉。」

「噢。」我說。

宓善樓自己走過去，坐進全房間最舒服的一張椅子。

我伸手向盛丹偉說道：「真高興見到你，盛先生。」

「你說你叫什麼名字？」

「賴，賴唐諾。」

我們互相握手。

盛丹偉說：「賴，坐下來，來杯酒。事實上不太壞，他們對我都很好。祇是無事可做。我可以出去，也可以做隨便什麼事，祇是不能離開洛杉磯。但是我一出旅社後面就多個尾巴，討厭不討厭。」

「你不知道我們對你多客氣。」宓善樓說。

「這樣待遇說是客氣的話，還是免了吧。」

宓善樓說：「有可能我們可以關你起來。」

「用什麼罪名？」

宓善樓說不出用什麼來回答他。

「我是一個好奇過火的人。」盛丹偉說：「我是一個太太不貞弄到慘死的丈夫。你結婚了嗎？賴。」

「沒有。」

「那該乾一杯。千萬別結婚。你被她們獨家佔著。你以為她們也是你的。結果發現她們被殺在汽車旅館裏。請你喝一杯，你要什麼。波旁酒加七喜？威士忌加蘇打？薑水加麥酒。隨你——」

「威士忌加蘇打。」我說。

盛丹偉走到餐桌旁，一面對宓善樓說：「可惜你不能喝酒，你在值勤，有任務在身。這是你不幸的地方。」

他把威士忌用抖抖的手倒進杯去：「我看這傢伙亂文明的，他喝威士忌加蘇打。」

宓善樓說：「很可能是你請這傢伙在跟蹤你太太。」

「是的。」丹偉說：「我實在有這個可能。我有可能做過很多事情。也有可能可以做很多事，我現在在十一層樓上，我可以用被單做一個降落傘跳下去，你要看我試嗎？」

宓善樓什麼也沒有說。

丹偉向我露齒笑道：「賴，你和這件事有什麼相干？」

「毫不相干。」我說。「老傢伙選中了我，把我帶來帶去給別人相親。他認為可以發現奇蹟。」

「總會給我找到你僱主的。」宓善樓咕嚕地說，兩眼渴望地看著威士忌瓶子。

「你為什麼不承認自己太嚴肅了，回到地上來做個普通人呢，善樓？」我問：「反正你又不能二十四小時不上班。拿這件事來說，該查的你都查過了呀。」

「誰說都查過了？」

「我說的，你到處碰撞了呀。」

丹偉一口把自己杯中的酒，全吞下肚去，有醉意地說：「我不要別人的同情。我祇要別人不理會我。老實說，我都不知道自己為什麼要到加州來。我祇是太寂寞了，來看我太太。我是看到她了——殯儀館停屍房裏。

「現在什麼人都知道了。上報了。一個汽車旅館裏的黃色慘劇。我還是個瘟生，我還要收屍。我還要去買棺材。要去主持葬禮。我還必須去聽『完美一生結束歌』和

『日落西山』歌。我真希望我是親手——」

「小心說話。」我說：「知人知面不知心呀。」

「一點不錯。」丹偉說，轉向宓善樓：「我幾乎把你忘了。」

宓善樓說：「總有一天我定會把你骨頭拆散，賴，看看你的骨頭為什麼老會發癢。」

宓善樓一隻手在椅子把手上一撐，把自己撐起來，走到餐桌旁，為自己倒了小半杯波旁酒，然後把薑水往裏倒。

「這樣才對。」丹偉說：「我知道你也有人性的。」

「你到底到加州來幹什麼？」宓善樓問。

「我告訴過你，我寂寞了，我來看我太太。」

「為什麼不先告訴她，好讓她來接你？」

「我知道才怪。」丹偉說：「我有預感出了事了，她有大麻煩了。」

宓善樓譏誚地說：「又來這一套。心電感應、心血來潮、第六感。知道她有難，要她丈夫來救助！」宓善樓接下去說：「不要騙人，你來是因為你有人通報。你承認過你會對傅東佛起疑。你開始找他。你發現他和你太太在一起，你跟他們到汽車旅館。你闖進去說了什麼。也許說你和太太反正是完了。告訴傅東佛，他可以永遠保有她了。就這樣你走了。

「你太太不見得真喜歡傅東佛。她祇是玩玩而已。她愛的還是你，找點刺激而已。否則她不會騙你來這裏探親。她祇是求變化，她——」

丹偉自椅中站起。「你渾蛋。」他說：「胡說八道！我可不管你警察不警察，照樣揍你。」

「你敢揍我，保證把你擺得平平的。」

丹偉猶豫了一下說：「你要說到我寶貝的時候，嘴巴要乾淨一點。」

宓善樓說：「事實總是事實，從各方面看，丹偉，你去過那裏。」

盛丹偉生氣得在顫抖：「該死的！我告訴你警官。我們兩個弄弄清楚，要是我去過那裏，我會親手開上那傢伙十七八槍，叫他死透死透，不會再——」

「然後再把太太殺掉。」宓善樓說。

丹偉的眼中充滿淚水。「我不會殺寶貝。」他說：「我會打她，踢她。但是我不會殺她。我會叫她穿上衣服回家。回家後我會像以前一樣愛她。你這個臭條子，你能不能洗洗你骯髒的腦袋，換個題目談談。」

宓善樓說：「你喝醉了。」

「你他媽對，我是喝醉了。」丹偉說：「要給我點罪名嗎？」

宓善樓站起來，面對著他。兩個人鼻子對鼻子。「你小心點，」他說，兩個人一比，丹偉就看來瘦小，單薄了一點。宓善樓說：「我可以揍你，把你撕成兩片。我可以把你倒過來搖，把你喝的酒連牙齒一起搖出來。我一直容忍著。你不要以為是福氣。」

「你知道，我看你是什麼東西！」丹偉不客氣地說。

「我再問你一聲，你有沒有聘僱這傢伙？」

「沒有。」

「以前有沒有和他說過話？」

「我一生沒有見過他。」

宓善樓把手中杯裏的酒一口喝完，放下酒杯，說道：「賴，我們走。」

「留在這裏陪我講話。」丹偉說：「我很無聊，不要走。」

我看到宓善樓眼中突然爆出懷疑。

我搖搖頭說：「丹偉，這不是辦法。這個人正在找是什麼人聘請我的。假如你有一點想和我私下談話的樣子，他會把你看做第一號候選人的。」

「什麼人聘請了你，去做什麼事？」丹偉問。

「這就是善樓要知道的。」

盛丹偉退後一步，半閉著眼，側頭斜視著我。「嗨！」他說：「也許我真的想和你談談。」

我走向門口，把門打開，走上走道。

「好吧！」丹偉跟在我們後面，生氣地叫喊：「要走你們走好了。管你們去哪裏。誰也不要回來。」

宓善樓大步跟我出來，順手把他房門關上，把他連他的叫聲關在裏面。

我說：「善樓，你到東到西強出頭，今天是禮拜天，你為什麼不在家裏看卡通，輕鬆輕鬆。」

「什麼？」

「不行。」宓善樓倔強地說：「事情沒有做完，我還有件事要調查一下。」

「你會知道的。」

我們乘電梯下樓。宓善樓把便衣叫過來說：「可以了，那傢伙醉了。幫不了我們什麼忙了。讓他隨便好了。」

便衣點點頭問：「要我們什麼時候離開？」

「現在，」宓善樓說：「就是現在。」

便衣高興地說：「太好了。馬上走。我答允小孩和老婆一起去海濱。臨時加班被他們罵得頭也抬不起來。」

「先打個電話回家，告訴他們宓善樓饒了你們。叫他們謝我。」宓善樓告訴他。又把我帶上警車。

這次我們來到一個停車場。

宓善樓對這裏的管理員問：「傅東佛在這裏有個月租的車位，是嗎？」

「是的。」

「昨天晚上，他的車在這裏嗎？」

「昨天下午在。嗨，他真是可憐。看不出他那麼痴。」

宓善樓不理他的打岔。「車子怎麼樣？什麼人開走了？傅東佛？」

那男人搖搖頭。

「過來，看看這個傢伙。」宓善樓說：「賴，你出來。」

我出來。

「見過這個人嗎？」

停車場管理員搖搖頭。

「傅東佛的車子後來怎樣了？你有沒有給他單子？」

「長期客戶不給單子。我們認識他們。他們有固定位置，隨時可以進出。他們車子都有鎖。我不知道傅先生車昨天有沒有鎖，反正是個小姐開走了。」

「小姐？」宓善樓懷疑地說。

「是的，可能是和他一起死在房裏的那個。」

「她什麼樣子？」

「我不知道。我沒太看清楚。就是開過時匆匆一瞥。她像是開自己車，知道要去那裏。不過她進車子的時候，我也看到一點，現在想起來她是絕對有車子鑰匙的。」

「你為什麼沒和她說話？」

管理員笑了。他搖搖頭說：「對固定客戶我們不做這種傻事。對傅先生我們更不多嘴，假如他要叫哪一位小姐來開走他的車，祇要有鑰匙，我們祇當沒看見。」

「你怎麼知道她不是來偷車的？」

「這個地區，他們不會來偷車。這一次更不同。她有一張傅東佛的卡片，傅東佛在背後寫了『OK』的。」

「你怎麼知道？」

「她出去的時候交給我的。我沒阻止她走，她自動交給我的。」

「拿出來看看。」

管理員說：「我不知道放哪裏去了。我知道沒問題。喔，想起來了。塞在收銀機下面一個抽屜裏。沒錯。」

我們跟他走過去，打開收銀機下面抽屜，拿起他放在上面壓住鈔票的一個重東西，把傅東佛的一張卡片拿出來。卡片背後祇寫了「OK」。

宓善樓看向他遺憾地說：「傅東佛的筆跡？」

「應該是的。還是他的卡片，不是嗎？」

「是他的公事卡片。一百張，兩百張印發的。」

管理員笑笑道：「你該見見那洋娃娃。」

「紅頭髮？」

「我沒看清楚頭髮的顏色。也許她有頂帽子在頭上。我一直在看她那對眼睛——漂亮、大大的、深棕色。就像成熟的棗子。我祇想到棗子，想到傅先生真會享受。我腦子裏沒有別的東西。哪知道他可憐蟲會那樣想不開。」

「等一下，」宓善樓說：「我想你形容的，不是我在想的那個人。給你照片看，你還會認得出嗎？」

「照片也許不行。但見到她一定認得出。」

「這個傢伙沒和她在一起嗎？」宓善樓用他大拇指翹向我。

管理員搖搖頭。

「你看到那女人進車子去？」

「我是注目了一下。老實說，值得注目。」

「看你真是個老色狼。」宓善樓說。

「沒錯，我注意這種事情。」管理員說。

「你為什麼不成熟一點？」

「問題就在我太成熟了。老婆三心牌。胖得像一袋洋芋。煮的飯不能下嚥。搶我薪水袋比誰都快。一回家就對我囉唆個沒有完。不過——警官，不要聽我抱怨，人生太多變化了。我太太以前好能跳舞。沒有多久前，好像還抱著她跳舞，現在——。其實有機會的時候，眼睛吃吃冰淇淋又何妨。那個小個子，真是要什麼有什麼。叫我老傢伙也會心跳。」

「沒多久前，不錯。三十五年前吧，伴太太跳舞。」

管理員皺了眉頭拚命想：「沒那麼久。二十二年，也許二十三四年……」

「好了，」宓善樓說：「不必花腦筋了，賴，回車裏去。」

宓善樓一路在用腦子想。他把我在我們辦公室大樓門口放我下來。他說：「哪裏接你來，哪裏放你下去。你該做什麼就去做什麼。有件事給我記住，我始終有一隻眼睛在看到你。你要想在這件事裏再搗一下，我把你頭搗扁。我不管白莎怎麼說，我要你好看。」

我打了一個呵欠，說道：「你老這樣說，我聽起來像電視廣告。為什麼不配上音樂，聽起來順耳點。至少不使聽眾打呵欠。」

宓善樓火冒三丈，用勁把警車車門碰上，一下把車開走。

第八章　子彈穿過的途徑

我按柯白莎公寓的大門鈴。白莎不高興被打擾的聲音自對講機裏傳來：「什麼事？」

「是賴唐諾。」

白莎咕嚕了一下，沒有真正的意義，按鈕把大門打開。我爬上樓梯，左轉，在房門上敲門，白莎叫道：「進來，門開好了。」我把門打開進去。

柯白莎有她標準的星期天設施。穿著寬大的睡衣式袍子，頭髮全梳向後露出兩隻耳朵。一張最舒服的椅子和腳凳放在起居室的正當中。圍著椅子一圈是看過的星期天報紙。手伸得到的地方是一張小桌，上面一個咖啡壺、咖啡杯、糖、牛奶。一個特大號的菸灰缸，裏面全是菸頭和火柴棒。

另外一面手伸得到的地方也是張桌子，上面一個電動烤麵包機，一盤吐司麵包和一碟奶油。

這是白莎最喜歡的消磨星期天方法。她不時餵一片吐司麵包進烤麵包機，把麵包烤得金黃色的時候立即塗上厚厚的奶油。然後又從她的大咖啡壺裏倒出一杯咖啡。加入大量的糖和牛奶。她咬吐司，喝咖啡，讀報上的消息，並且不斷的批評。

白莎側過頭，自肩上看向我，小而圓的豬眼生氣地閃亮。「搞什麼鬼，」她問：「宓善樓盯在我後面不放。你打完電話他就來了。到底是為什麼？」

我說：「我給了張名片給那女郎。」

「這我知道了。」

她說：「老天，說你是偵探，你真笨。」

「那時候看起來，這主意不錯。」

「週末晚上和這小妮子在一起，你倒是做了不少事。」

我說：「我還沒弄清楚她是故意留在車裏有作用的，還是不小心留下來的。」

「有差別嗎？」她問。

「也許有。」

白莎說：「會玩的人在外面都姓王的。你雖沒結婚也不必分送名片光怕別人不知道。我真不懂你這樣聰明的小子見到女人怎麼就變這種樣子？」

我不開口，一直等到她一個人把話都說完了。然後我開口道：「我想從卡巴尼塔夜總會查點東西。」

「查什麼？」

「一點線索。」我說：「你認識那裏的節目主持人，是嗎？」

這一點雖是高空，但是出入不會太大。白莎有一陣子很捧娛樂界。我知道她認識本城一半以上的夜總會角色。

「我來看，」白莎說：「我知道艾包伯目前在那邊工作。」

「我想和他談談。」

「他不會喜歡和你談話的。」

「可能。」

白莎歎氣道：「那邊寫字桌抽屜裏，香菸盒上有本紅的電話本，給我拿過來。順便在盒裏拿包菸給我。」

我把電話本和香菸替她拿過來。

白莎說：「善樓到底為什麼，那件案子不是自殺的嗎？」

「看起來是。」我說：「祇是有幾個地方不太對勁。善樓一度心裏放不下。我想現在他死心了。」

「既然他死心了。你為什麼還要窮忙呢？」

我說：「既然是雙雙自殺，怎麼會第一槍打空了呢？」

白莎突然顯出了貪婪的興趣。「這裏面有我們油水嗎？」她問。

「我不知道呀。」

「過來，坐下來，自己弄點喝的。要什麼？咖啡、啤酒、威士忌加蘇打？咖啡這裏有，不過你得自己去拿杯子。蘇打水在冰箱裏——」

「我要杯咖啡好了。」我說。

我過去拿了個杯子和碟子。白莎替我放了兩片麵包進烤麵包機，一面翻著紅的電話本說：「艾包伯的公寓電話是Ｃｗ六—三四八一。好人，告訴我，第一槍怎會打空的？」

我說：「我不知道，祇知道一起有三槍。」

「有一槍打進了一個箱子？」

「沒有錯，打進了女人的衣箱，就在箱子把手的附近。有一段時間警方找不到第三發子彈，他們打開箱子，發現子彈把它打穿了，留下一個彈孔，子彈就埋在衣服裏。」

「沒有打穿二層箱子通出去？」

「打過箱子的一半。」

「有我們的油水嗎？好人，想想看。」

我說：「那男人有四萬元保險，意外死亡還可以加倍。假如他殺掉女人又自殺，保險就作廢。假如他先被殺死，他就變成被謀殺的。保險公司就得破費八萬元。」

「但是槍在他的手裏。」白莎說，眼睛眨著貪婪。

「他們發現屍體的時候，槍是在他手裏。也可能是有人重新安排了現場——為了那八萬元，什麼都可能。」

「但是，那女人是從後面被打死的。」白莎說。

「沒錯。」

「她自己不可能辦到吧。」

「也許辦不到。」

白莎生氣地說：「你是世界上最最惹人生氣的人了！」

「八萬元裏要是能拿到點百分比，是一大堆錢了。」

白莎開顏笑道：「你已經在這方面努力了，是嗎？」

「有幾件事祇好由你去做，白莎。」我說：「你去見那死人的太太，讓她聘僱我們。」

「要是是她殺了她丈夫？」

「還有小孩。假如我們是為他們利益工作，我們是他們監護人聘請的，法庭會同意我們合理費用。母親是法定監護人。」

「我絕對可以說服她。」白莎有把握地說。

「要記住，她可能是開槍的人。」我告訴她：「她有動機。」

「你小渾蛋不要這樣就走了。」白莎說：「我的興趣才被你引起來，多告訴我一點，我也幫忙想想——」

「唯一發生疑問的是我曾經在昨天晚上打過電話給傅太太。我問她，她先生在哪裏，也問她有沒有一個妹妹。我沒有看時間。但是，是在你帶我進城，我去溫契斯特大旅社調查鄧默斯，發現他才遷出，之後的事。」

「又怎麼樣？」

「她告訴宓警官，電話來的時候是由她接聽的，時間正是警方定為槍殺發生的時間。但是我打電話的時間至少是事發後足足一個半小時之後的事。」

「她為什麼要這樣說呢？」

「也許是想找個時間證人。也許她睡了根本不知道時間。」

「還有別的想法嗎？」

「很多，一部份是和宓警官共有的。宓警官另外還有重點。他不喜歡那個女人的丈夫盛丹偉。盛丹偉老遠從科羅拉多趕來，住進旅社，晃一下子，正好在槍殺發生的時候不知去了哪裏。」

「我是宓警官，也不會放過他。」白莎說：「你不要走，我有興趣了。要是是件謀殺案，我們可以弄一點。」

我點點頭。

「警察為什麼說是自殺呢？」

我說：「門是從裏面鎖上的。屍體是倒在地上的。沒有一點掙扎的現象。槍是那傢伙自己的。警察發現屍體時，槍還鬆鬆的抓在他手裏。」

白莎皺眉說：「這樣許多證據，你又怎能說服保險公司這不是自殺呢？何況這裏面還有八萬元錢的差別。」

我點點頭。

「門是裏面鎖的？」白莎問。

「是的，女的汽車旅館老闆先要把塞在鑰匙孔裏面的鑰匙推出來，才能用通用鑰匙把門打開。我相信應該有一扇窗是閉著的。」

白莎把眉頭蹙得更緊。漸漸的臉上泛起失望的神情。她說：「你的說法行不通的，唐諾。怎麼也說不通。門是裏面鎖的。槍是他自己的。這案子是死的。」

「但是有三顆子彈。」

「看來有一顆打偏了。」

「哪一顆？」

「第一顆，當然。」

我說：「女的是在腦後被槍殺的。」

「怎麼樣？」

我說：「就算第一顆沒打中，然後如何？」

「我怎麼會知道？」白莎問：「你在推理。你對這種事最有興趣，你來說下去。」

我說：「假如女的用背對著他，一發不中，她會轉回來看發生什麼事了，會不會？」

白莎點點頭。

我說：「所以第二槍他要開的話，會打在她前面，一回頭就打她，打在前額。」

白莎說：「她看到他在開槍，知道他想幹什麼，她逃了，也許逃向門口。再開槍當然在腦後。」

「在逃？」

「為什麼不是？」

我說：「站在那裏不動不防的時候，一槍會打不到。女的一逃又怎能那麼變準起來，正中後腦。」

「也許女的故意轉身，知道做什麼。本來就是同意殉情，祇是不想死後面目被毀。也許面對面他做不下手。」

「有道理。」我說：「但是第一槍怎樣會打偏呢？打偏得離譜了。」

「怎麼知道偏得離譜了？」

我說：「那個女人站在地上，腦袋離開地面應該是五呎高。一個箱子在地上豎著也不過一呎半。假如他想打她頭，打偏了打到箱子——」

「我懂了！」白莎說：「我懂了！」一雙小眼搧呀搧。嘴唇也鬆了一點。「唐諾。」她說：「你真聰明——有的時候——聰明得要命。你看白莎能幫得上什麼忙？」

我說：「麻煩你打電話給艾包伯，就說你的合夥人要和他談談。告訴他，要是他肯給我一小時時間，你會感激他。」

「把電話拿過來。」白莎說。

我把電話搬過來。白莎查出號碼撥過去。

一面等，一面在想。我相信她想鈔票多，想事情少，突然，她把手摀住話筒，抬頭向我說：「好人，我們弄得到一萬元吧。」

「那得看情況。」我說：「也許更多些。」

白莎自滿地點點頭：「這才像話，我知道我信得過你——」

她突然把摀住話筒的手放開，用她最親蜜的聲音說道：「喂，喂，是包伯嗎？包伯，這是柯白莎——包伯，我知道你睡得晚——不過已經太陽曬屁股了，想你也該醒了——包伯，有件事要你幫忙。你乖乖的聽白莎的話。」

白莎皺眉聽對方說話，一陣子沒開口。然後顯然是插話說：「包伯，不要這樣。我告訴你。我有一個合夥人，賴唐諾，他在辦件案子，要找一個和卡巴尼塔有關係的人。包伯，假如你能給他半個小時——祇是談一談——不必，你不必穿什麼衣服，就是穿睡衣談好了。保證祇是談談——不會，不會，不會給你的地方招來麻煩——我告訴你

——祇是告訴他點——好，他馬上過來——你還在老地址？」

「謝謝你，包伯，你真好，白莎喜歡你。」

白莎把電話掛上說：「這個狗養的！」

「怎麼啦？」我問。

「半吊子，」白莎說：「完全忘了我幫了他多少忙。」

「不過他答應見我了。」

「他會見你。」白莎說：「他可以表現得好一點的。」

「什麼地址？」

白莎拿張紙寫了個地址。說道：「公寓房是八二五。那個地方進去有人替你通報。豪華公寓！你等著看，下次艾包伯要是有事找我……」

「也許他是沒睡好，才變成半吊子的。」我說。

「他是真想敷衍我的。」白莎說：「奇怪，他竟敢敷衍我柯白莎！」

「也許他想再睡一會兒。」

「我過去幫他太多忙了。他為我少睡點算什麼。」

「你幫了他什麼忙，白莎？告訴我也許有用。」

「我替他辦過一件小事，非常不容易辦成的，差點掉了我的執照。不過你不必知道。不知道還好一點。你快點去吧，好人。」

我說：「我去他那裏的時候，你也可以辦件事。」

「什麼？」

我說：「警方對這件案子的調查已經完畢了。他們不再對任何人行動管制了。那個箱子是盛太太盛蜜妮的。我要你找到盛丹偉，說服他以丈夫的身分去把箱子領回來。領回來後，你告訴他反正他已經沒有用了，交給你當證物暫時保管好了。」

「要來有什麼用呢？」

我說：「我要看子彈穿過的途徑。」

白莎點頭道：「我懂了。」

我說：「盛丹偉是個高大、結實的人。不過他自己不知道他心靈脆弱得很。對他用點母愛式的關照，一定有用。」

「我帶個奶瓶去就是。」

「這樣才好。」我說：「你不在乎暫時扮個媽媽角色吧？」

「老天！」白莎說：「祇要有鈔票進帳，我肯做他媽媽的媽媽。」

第九章　夜總會主持人

這公寓設計的時候就是要給別人豪華的印象。從前門看來就是富麗堂皇。像大旅社一樣的大廳，有櫃檯和職員，有私用安全設施和總機。甚至還有個穿大廈標誌制服的小童負責跑腿工作。職員管制來訪的人，所以兼管總機。

我走進去時，職員抬頭看著我。我說：「艾先生。」

「艾羅伯先生？」

「是的。艾包伯——我們叫他小名。」

「他知道你要來嗎？」

「知道。」

「先生尊姓？」

「賴。」

職員接通對內電話說：「一位賴先生說你知道他要來——是的，很好，先生。」

「請吧，賴先生，八二五。」

穿制服的開電梯人送我上八樓。還指給我看那個門。正如我瞭解，這種公寓外面非常堂皇，裏面都分割成小公寓。艾包伯站在公寓門口，當真還穿著睡衣，不過加了件晨袍而已。他看起來很疲乏。我還很少見有人如此倦態，不是體能消耗過度，而是對工作，對周遭，對生活和一切。

一支香菸叼在他懸垂無精打采的唇上。看起來他嘴巴連把香菸翹上去的力量也沒有了。下垂的角度加強了他對人生的無力感。

「你是賴？」

「正是。」我把手伸出去。

「柯白莎的合夥人？」

「是的。」

他伸出冷漠的手，好像用了一下勁，隨即沒意思了。

我把手放下，艾羅伯說：「請進，大家都叫我包伯。」

這是個兩房公寓。臥房祇夠放一張床，一個衣櫃和開扇門。起居室裏放一張沙發，一張桌子，兩張椅子。地毯已經很舊，窗簾的花邊已經抽絲。一側角上是個小的早餐位置。一個小冰箱，一個小電爐，一個小水槽。上面有個有門木櫃子。

水槽裏有髒盆子，起居室桌子上有兩個杯子。每個杯子裏有約莫半吋的水。是昨晚留下來的冰塊溶解出來的。菸灰缸裏都是菸頭。窗是開著的，所以房裏沒有酒味，菸味也不大。桌上有份畫報，另一份過期的在沙發上。今天的晨報還沒打開。整疊在沙發上。大概是接了白莎電話後才拿進來，還懶得過目的。

他鬍子是新刮過的，頭髮也梳過。很厚的黑髮，直向後梳。

「請坐，不要客氣。」他說：「這裏沒清理。」

我點點頭，坐下。

他大概五十歲，窄頰，瘦腹，骨架子不小。顴骨高了點，兩隻眼睛距離很大。他有個習慣，喜歡把眼皮垂下頭向後仰，半閉著眼向前看。這種動作使別人認為他對什麼事都已經不在乎。

我說：「我想你每天都要忙到很晚。」

「我回家的時候多半天都快亮了。」他說。

「我想卡巴尼塔的節目很精采吧。」我說。

他表示無聊地做個姿態，吸口菸，從鼻子吐出，說道：「反正這回事，祇是件工作而已。」

「你是老闆？」

「我包過來做的。」

「收入正常嗎？」

「生意正常，不是收入正常。要不要頂給你試試看？」

「不要，我祇是好奇你們這一行而已。」

「我們的地方有不少老客人。」包伯說：「我自己也有一個節目，我演獨腳戲。很快地說些雙關語，要讓聽眾花點時間才能瞭解。我根本不等他們笑，又快快地說下去。第一個聽眾笑出聲的時候，我停下來，不明白地看向他，跟下來一定是個滿堂彩。」

「女人也喜歡這一套？」

「她們就吃這一套。」

「第一個笑出來的會是女人嗎？」

「說得很快，雙關語中有雙關語的，多半女人先發笑。」他說：「老一點的有錢女人什麼都懂。笑起來像神經病發作。我就停下來驚奇地看著她。這個時候大家都會過意來了，於是全場才會哄笑。」

「太葷的笑話多半由大肚子的男人第一個大聲笑出來。我不會理睬他，祇是講下去，直到大家笑時才停——時效十分重要。絕對不能停下來讓所有人都懂了。」

「相信一定很精采。」

「有空你來看看。很多笑話要是你私下和女孩子講，她們會打你耳光。但是那麼大一個餐廳，你在台上講，講的都已經到了市府要求的最邊緣了，這些有錢女人笑得腰都要斷了。賴先生，你到這裏來要什麼？」

「我想要找一個女人。」

「老天！」

「怎麼啦？」

「這個時間，把我從床上拉起來。老天，我可以給你五百個女人的地址和電話號碼。」

「你認得很多女人？」

「城裏有頭有臉在外玩玩的女人我都認識。」

「這個女人可能不是這一路的。不過她最近到卡巴尼塔去過。」

「有什麼特別的？」

我說：「她是袖珍品——惹火的眼，淺頭髮，非常小，但是很勻稱。顴骨高，嘴唇厚。有點卡通裏的甜姐兒樣子——」

他用手止住我說下去，舉起的是手腕部份，不是較大的關節。他動動手腕，有如一隻海豹在動牠上肢。

「知道是什麼人了？」我問。

「哪能，這種人我至少知道一百個。她們都來我的夜總會。每個看起來都差不多。你是在形容一種人，不是一個人。」

「這個人不同。」

「有什麼不同？一大堆。我幫不上你忙。你自己到我店裏來看。」

我說：「我提起的人會噴火，實在是了不起的一個人。」

「姓什麼？」

「我祇知道她給我的名字——哈雪儷。」

「不認得。」

「我認為『雪儷』是真的或常用的。」我說：「哈這個姓多半臨時觸景說說的。」

「等一下，」他說：「我想想。」

他又重重吸了口菸，把菸蒂自口中拿出來，抛進快沒有空位的菸灰缸。我看到菸屁股堆裏，有的上面有口紅印。

「雪儷，」他說，然後很專心地想著。

他這樣想了幾秒鐘。眼睛一直盯著地毯。然後他把頭儘量向後仰，仰到他能半閉上眼，看到自己的鼻子再看向我。「和你有什麼關係？」他問。

「我要找到她。」

「這我知道。」他澀澀地道：「為了公事，還是私事？」

「可以說為公也為私。」

「先說說私人方面為什麼？」

「她把我帶到一個汽車旅館，然後放我白鴿，溜了。」

窗子。

艾包伯打了個呵欠。

房間裏一陣肅寂。一隻蒼蠅嗡嗡在房裏打轉，想找個出路。最亮的是燈，不是

包伯伸手取另一支菸，他問：「來一支？」

「不了，謝謝。」

「公事又為什麼？」

「我不知道，她也許和一件我正在調查的案子有關係。」

「什麼樣的案子？」

「自殺，為愛殉情。都登在報紙上。」我說，用頭指指報紙。

「從來不看這種東西。」包伯說：「我看世界大事，運動新聞。要不然就是馬。很多時候報上對馬的消息還是比什麼都準的。」

「你不看漫畫？」我說。

「老天，從來不看。我自己每天三場講笑話。一禮拜七天。哪還能相信有人每天有東西叫你笑。我沒有辦法，叫別人笑才有飯吃。畫家沒辦法，他也靠此為生。我同情他。你還想知道什麼？」

「假如這位雪儷，常去你的地方，我怎樣能找到她呢？」

「沒事常在我那坐著，機會自然多一點。假如我是你，不會選用東問西問的辦

法。」

我說：「請你看一下這包火柴。這是不是你那邊最近用的一種火柴？」

「是的，除了用這一種外，沒用過別的樣子的。」

我說：「另外還有一張紙，摺起來藏在一包菸裏。」

我把那張反面寫了鉛筆字「帝谷大道，安樂窩汽車旅館」的紙，拿了出來。

包伯看了一下，翻過來又看看。

我說：「你看如何？應該是從你那邊出來的。」

他說：「我也這樣想。」

我說：「你看撕開的地方印著『最低消費額每人五元』。角上又有個你們『卡巴尼塔』的記號。和火柴上一樣，應該是從你們的價目表上撕下來的。」

「那是不會錯的。」

「有沒有建議？」

「沒有。」

「你幫忙不多。」

「我讓你來了。我把時間給你了。我和你談了。我回答你問題了。你要的雪儷，可能是我那裏常客，可能祇去過一次。我抱歉能給你的助力不大。也不是我不努力，我也想過，合乎你說的樣子的，至少有一百個。」

「她們都從哪裏來的呢？」

他聳聳肩說：「起風的時候灰塵從哪裏來的？」然後他又突然問道：「你看見什麼人有真正漂亮太太的？」

「這和這件事有什麼關係。」我問。

他冷潮地說：「一個漂亮女人不希望一生彎了腰在澡盆裏洗衣服度過的。一個漂亮女人不希望一生擦地板度過的。漂亮女人不能老替人補襪子。她們不做這一類工作。她們知道這會損壞她們美貌。她們要盡全力保護她們的容貌。幸運一點的做女明星，嫁好丈夫。再不然領贍養費。

「運氣不好的比較多。不願意隨便嫁人，但也要生活，夜總會是她們最會去的地方，有時候張三帶她們來，有時候李四帶她們來。每個都是身材好，臉袋俏的，形容起來都像你講的。我見太多了，我沒有胃口。」

通臥室門打開。一個順眼的金髮女郎走出來。身上穿了一條粉藍色的緊身褲，包住曲線非常好的臀部，上身一件襯衣領子開得很底，幾乎到了闊腰帶的位置，腳上一雙沙灘鞋，十個腳趾上有指甲油紅得刺眼。

她的長褲配著她修長的下身真是一絕，她向我們走過來，每一個步伐都加強了光滑的臀部的擺動。

「什麼呀！」她說：「我不知道你有客人，包伯。」

包伯淺淺一鞠躬：「親愛的，我給你介紹賴唐諾先生，他是個私家偵探。」

他轉向我說：「賴先生，這是我太太。」

她用估計身價的眼光看著我，先從頭上開始，一直往下看，看到我鞋尖，又自下向上望。她把嘴扭出一個笑容，把手伸出來。「賴先生，你好嗎？」

我注意一下她的左手，沒有結婚戒指。

「親愛的，」她說：「早上沒有咖啡呀？」

「是的，我馬上放一壺去煮。」

他走向所謂的小廚房，把水注入咖啡壺，放好咖啡，打開電爐。

「你早就該準備好的。」金髮的說。

「是的，親愛的。」

她用灰色的眼珠再次睇我一下，好像滿激賞，微微地笑一下。

她從桌上拿支菸，輕輕的豎起來，在椅子把手上敲了幾下，把菸放在厚厚的紅唇間，把頭靠後等著我給她點。

我兩步向前，擦一支火柴，湊到她菸頭上。她兩隻手伸出來圍住了我的手和火柴，幫助我替她把菸點著。

她捧著我的手，比真需要的時間久了一點。

我把火柴吹熄，她的眼光對上了我的。

「謝了。」她用喉嚨發音道。

我回到沙發，坐下。

包伯背著我們，在洗杯子。「要不要也來杯咖啡，賴？」

「不要了。我今天一天斷斷續續喝了好幾杯了。」

「你在偵探什麼，賴先生？」金髮問。

「我正在想找一位漂亮的金髮女郎。」

「好多人都有這個想法呀。」她告訴我。

「我找的是個袖珍型的——小個，曲線好，高顴骨，深棕色眼睛，不會超過五呎高，她的名字可能叫雪儷。」

她完全不動地僵坐了兩秒鐘，看向包伯的位置。「我們認識這樣一個人嗎，包伯？」她說。

「不認識。」艾包伯說。

「真抱歉，幫不上忙。」

我說：「另外換一個試試看。一個男人，三十五左右，大概五呎十一吋高，長長直直的鼻子，好身材，深頭髮，灰眼睛，大概一百九十五磅重，穿雙排灰套裳，用長的象牙菸嘴抽香菸。認識他嗎？」

洗槽那邊，我聽到瓷器磕破聲。

「什麼東西破了？」金髮問。

「一個杯子，抱歉，親愛的。」

「包伯，我看你今天心不在焉。你昨晚喝多了。」

我聽到開水聲。

「又怎麼啦？」她問。

「再洗個杯子，乾淨的給我打破了。」

她轉向我微笑著。

我說：「那個男人好像姓鄧。」

「我們不認識他。」艾高聲地說。

「抱歉，一點幫不上忙。」金髮說。

我等著等艾包伯走回來和我們在一起。把放在沙發上的報紙打開，找到安樂窩汽車旅館自殺案那一版。

報上的人像照片相當清楚。

「這些照片上的人怎麼樣？」我問。

女人驚叫道：「包伯，這個就是上個禮拜拒絕拍照的女人！」

包伯用肘部戳她一下，戳得那麼重，我看到她顫動了一下。

「什麼女人？」他問。

金髮女郎含糊地說：「不是嗎？我們在公園裏散步看到的。不對，我看不是她。我一下看來有點像。再看又完全不像。」

「有沒有見過他們去卡巴尼塔？」我問。

「沒在卡巴尼塔見過。」女的急急道：「我哪裏也沒見到過他們。我剛才以為見過，可能是那女人的眼睛像什麼人。有一次我們在公園散步。這個女孩坐在長椅上。另外有人手裏拿了照相機，那女人就是不要別人給她照相。」

「這個女人？」

「不是，現在我可以確定不是同一個女人。剛才一下子看糊塗了。」

「你也常去卡巴尼塔嗎？」我問她。

她點點頭，看向包伯。

艾包伯說：「我太太跳改良過來的埃及舞。她也是節目的一部份。不上台的時候，她穿梭在人群中保持全場氣氛熱鬧。」

「真的呀，不容易。」我說。

包伯看看我。金髮向我笑笑。

「還有什麼要知道的嗎？」

「沒有了。」我告訴他：「你幫了很多忙，白莎會親自再向你道謝的。」

金頭髮和我握手：「還是和我們喝杯咖啡再走吧。」

「真的不了。」我說：「今天禮拜天，我已經犧牲太多了。這下要放下工作，過禮拜天了。」

「對，這樣才好。」包伯說。聚精會神地在看報上的幽會自殺命案。

「是怎麼回事呀，包伯？」女的懶洋洋地問。

「老故事，殺人自殺，在汽車旅館裏。」

「老天，」她慢吞吞地說：「男人為什麼老要殺她們呢？」

「因為男人愛她們呀。」包伯說。

我說：「我要走了。」

「見到你真高興。」金髮說：「有空到夜總會來玩，我希望你能看我跳舞。」

「謝謝，我會的。」

艾包伯陪我走到門口。兩人握手。金髮讚賞的眼光經過包伯的眉頭瞥向我。

我乘電梯下大廳，走向櫃抬問職員：「還有空的公寓，或知道有人會退租嗎？」

他不十分熱誠，但裝出笑容來說：「完全沒有，先生。」

我把我記事本拿出來，從裏面掏出一小疊鈔票，開始不在意地慢慢數給他看。一面問道：「完全沒有？」

他貪婪地看看這些錢：「完全沒有，真是抱歉。」

我再用手慢慢的翻這些錢，一面說道：「假如你能告訴我哪一戶有可能搬走也行呀。我——」

「等一等。」他說。

他移向總機。

我看得到小紅燈亮，電話是艾包伯公寓打出來的。

「等一下，」職員說：「請再說一遍——有了——WA九—八七六五。」

他順手把號碼記下，撥外線，過了一下，他對電話說：「你的電話來了，艾先生。」

走向我，他說：「我真很想能幫你忙，再過一陣子也許我能幫得上你。」

「過一陣子對我一點用也沒有了。」我說：「我急著找房子，房租到期了，房東要自己住不再出租了。」

他又看了一下我手裏的鈔票，吞了下口水：「我自己確定不知道會有哪一戶空出來。我今天儘可能問一問——」

我說：「我另外看中一個公寓。事實上已經差不多談妥下個禮拜可能搬進去了。但是今天來這裏一看，裏面雖然小一點，舊一點，但是外表太好了。反正應酬、工作，都在外面，公寓祇是晚上睡的地方。何況晚上也不一定天天回家。我喜歡你們這個地方。這地方不錯。」

「我們儘量使住戶不受打擾。先生。」

我站在那裏和職員就這樣嗑牙。看到艾包伯公寓通話小紅燈在總機上熄掉。再確定他沒有打別的電話的意思。我走出公寓。

第十章 照片

傍晚九點鐘，我才找到專門替卡巴尼塔夜總會裏面照相的女郎。她的名字叫貝絲，她住在拖車屋裏。她替好幾個夜總會照相，用拖車趕場子。拖車也是她的暗房。我找到她的時候，她在離卡巴尼塔三哩的「紅巢」。紅巢不以夜總會為名。就以紅巢為名。是家高級的用餐地方，價格相當的高。它有相當大的停車場，附近又沒房子，因而看起來它是造在荒野裏的。謠言流傳這家紅巢不時有一些別地方見不到的舞台表演，不過要相當內行的才能見得到。

我走進紅巢，環顧這個地方。要找一個穿得少，又必須走來走去，帶著個大相機的女郎，十分容易。大腿，牙齒，曲線，慇懃就是她。

是星期天晚上九點鐘，大概不是他們特定表演的時刻，也許宵夜的時候才會熱鬧，反正客人並不多。她走了兩圈，替四桌客人照了相。她離開餐廳，在衣帽間向衣帽女郎要了她的一件風衣，放在肩上，走向她的拖車屋。

我快走幾步，和她並肩走著，問道：「賣我幾張照片，好嗎？」

她用眼角瞅我一眼。「光的？」

「不是，是顧客的。」

「可以呀。」

我說：「上禮拜，你和一對人在卡巴尼塔發生一點小誤會。他們反對你拍他們的照，記得嗎？」

「你是什麼人？」

「我的姓不重要，名字叫現鈔。」我告訴她。

「不錯，」她看看我微笑著說：「有一張照片我照的時候發生了一點不愉快。我現在很忙，你什麼時候有空？」

「現在。」

她說：「我還要把這些底片帶進拖車，早點洗出來。」

「我自己也是個好的攝影迷。」

「我知道，」她說：「不少人這樣說過，就是想跟我到暗室去。還不是想——」

「我不會。」我說。

「算了。進來吧，」她告訴我：「有的時候要冒點險的。」

她把拖車屋的門打開。我跟她進去。她把門關上，閂上，按一個鈕。幾乎立即的拖車屋移動了。

她說：「我的夥計開車技術很好，不會跳動，所以我到下一站之前，照片全部都沖好了。我這種工作必須爭取時間。」

她設定好一只有螢光的定時鐘，把拖車屋內所有燈都關閉。我們兩個相對在完全黑暗中站著，祇有拖車屋最遠側一個小紅燈，使我們知道彼此站立的位置。

過了一會，我的眼睛適應過來。我看到她在室內熟練的移動著。

我說：「這個暗室設計得不錯。你自己設計的嗎？」

「是設計得很稱手。」她說：「你看，祇要電鐘響，這盤子裏的底片——」

電鐘在這時正確地響起。

她把底片自一個盤子移向另一個，說道：「這一盤裏我們泡兩分鐘。之後，用藥水洗掉亞硫酸鈉。用酒精洗過，吹乾它就可以了。我去下一個夜總會兜生意的時候，我現在在開車的夥計會把底片印出來。我們合作非常好。」

「告訴我上個禮拜六——昨天，發生了什麼？」

她說：「這種事我們每隔一段時間一定會碰到一次的。所以我很小心。通常我沒有弄清楚之前是不會亂給人家拍照的。但這一次是有特別原因的。」

「發生什麼事了？」

她說：「這一對坐在那裏，在用餐，很文靜。像是結婚已很久的。通常這種夫婦我不會去打擾他們的。我的生意多半來自觀光式客人，外地客，起起勁勁的有男有女一起在玩。他們要留個紀念。或者是年輕未婚的男人帶個漂亮小姐。再不然就是闔家來的。」

「之後呢？」我問。

她把眼睛保持在有螢光的電鐘上。

「有人問我能不能替這兩個人照張相。我以為這個人和他們一起來的。我是有一點粗心。我向她解釋，我們的方式至少要花四元錢，但可以拿到四份照片。她說那一對在度結婚紀念日，她要在事後把照片送給他們，使他們高興。她說由她來付錢。」

「於是發生什麼事了？」

「我走到他們桌前，微笑著等他們抬頭，我拍了照。男人問我這是幹什麼。我說是準備送給他們的。不收費的。女的緊張了，生氣了，大聲說他們並沒有請我拍照。我告訴他們我知道這不是他們的意思，但是他們的一位朋友好意要送他們兩張相，給他們一個驚喜。你一句，我一句，就把經理叫了出來。」

「經理是誰？」

「艾包伯。他是節目主持人，他包下那地方。我們立即大事化小事。我告訴他們這都是誤會，我把底片給他們，他們可以自己拋掉它。」

「真還給他們了？」

「沒有。」她說：「有人出了四元錢要照片，我怎麼會放棄？」

「你怎麼辦？」

「把照相機裏下一張底片抽出來給他。艾包伯從我手中把它接過去，交給女的，問她這樣她是否滿意了。她點頭說可以，於是事情對他們說來——就結束了。」

「對你說來呢？」

她說：「才開始呢。我找到定照片的人，我告訴她出了些意外，經理不知會不會對我不滿意，不過照片的價格要改變了，我要她十元一份。她說太離譜了。最後討價還價二十五元成交。我想再多她也不要了。我告訴她我會寄給她。我沒有敢當晚就交給她。」

「底片呢？」

她說：「等一下，我先把這些放水裏去再說。」

她把底片換一個盤子，我聽到流水的聲音。她打開另一個盤子的時候，我聞到酒精的味道。她搬弄了一陣子，把一張張底片分別架在架子上準備烘乾。她說：「二十五元，我再洗四張出來給你。」

「要多久？」我問。

「我可以關照一聲，我去下一個夜總會的時候，我夥計替你洗。」

拖車停下，多半是碰到紅燈了。她伸手把燈打開，查看一本全是登記號碼的簿子，打開一個一排排的抽屜，拿出一個裝有底片的信封。

我拿出二十五元，交給她。問道：「我什麼時候拿照片？」

「下一站我兜完生意出來就拿。」她說：「要不要跟我進夜總會，看我怎樣工作？」

「不，謝了。我還是留在這裏看你夥計沖洗。你能告訴我，請你拍照那個人長得什麼樣嗎？」

「漂亮的金髮。」她說：「但是嬌小得出奇。」

我們車子又向前走。五分鐘後感覺到車在慢下來，靠邊，然後走上碎石道路。

「這是我說的下一站。」她說：「你確定不要跟我進來？」

「不，我寧可等。」

她拿起照相機，裝了不少閃光燈進隨身的小背袋。把風衣拉開，拉直絲襪，整了一下不花多少布料的上衣。問我道：「看起來怎麼樣？」

「很惹火。」我說。張大嘴巴，用手搧了兩下：「這裏有滅火機嗎？」

「謝謝你。」她說。

我問：「誰在開車。」

「我夥計。」

「男的？」

「別扯了。是個女的——滅火機。不過她車開得好，相片洗得好。男人不行，他要我整個生意，要吃醋，要管我。我們兩個女人處得很好。我們開支分擔，賺錢五五分帳。」

我聽到拖車外腳步聲。有人試開門把。門裏的女人說：「來了，桃明，我出來了。」

她把門打開。

進來的女人生氣地看我。她苦瓜臉，有稜有角的。嘴角堅強有力，眼睛藍灰穩定。

「不要緊張，桃明。是生意經。他要四五二二八的照片，四張——二十五元。」

桃明說：「不錯，那張底片相當賺錢的。我們要好好保存才行。」

「還用講。」

「我什麼時候可以拿到那四張照片？」我說。

「立等可取。」桃明說。

「裏面另外有四張新底片，每張標準印四份。」

「好的，貝絲。」桃明說：「我來處理。」

貝絲自肩頭回顧我一下，照相機在手裏，風衣已經扣好，走進了四周燈光照耀明亮的另一家夜總會。

桃明把衣袖捋起開始工作。她把放大燈架起，把五張底片集在一起，又把照相紙集在另一邊，她熟練地把每張底片餵到燈下印了四次。一個人不慌不忙地工作。

「對照相的暗房工作懂一點嗎？」她問。

「懂一點。」

「做過暗房工作嗎？」

「沖和洗都自己動過手。」

她說：「幫我把這些曝過光的照相紙放進顯影液裏去。顯影很快的，不必去計時，祇要將就這些紅燈，看清楚就行了。顯影一清楚就夾到亞硫酸鈉溶液去。顯影液是新的，作用很快。」

我開始幫她顯影。她用專家眼光看著我。看我處理顯影的時效。她看到我還懂得自己在做什麼，就不再看我，自顧在複印底片。

她把她的工作做完，我也趕上做完我的工作。我把最後一張顯出影子來的照相紙放進亞硫酸鈉溶液，桃明就把這盤子底上，我第一張放進去的夾出來。她把夾出來的一張在清水裏漂了一下，又把它放進一種溶液裏把亞硫酸鈉中和掉，又再洗一次清水，就放進乾片滾筒去烘乾。

「哪一張是我的？」我問。

「上面有號碼。」她說：「我看得出來。二十五元呢？」

「已經付給你夥計了。」

「她可沒這樣說。」

「她回來就會告訴你了。」

她說：「那麼，你祇好等她回來了。」

「沒有關係，我等。」我說。

桃明看到所有照片都乾了，把工作檯收拾好，湊著紅色燈光，拿出一大盒紙框，把照片每一張裝上印好「紅巢」的框子。打開白燈光時，照片已都收起來了。

這是一個非常好的拖車屋，小廚房在前面，臥室在後面，門開在側面，裏面面積極大，而且每一吋都利用到。

「我看你們兩位小姐是用這車子當家的。另外沒有住的地方吧？」

「為什麼另外再要有住的地方？已經有一個輪子的公寓了，為什麼還要有公寓，把東西搬進搬出呢？」

「晚上你們租有固定的車房停車位置？」

「沒錯，但是我們沒有去租專做這生意的『拖家之家』。我們說好一個住家，後院很大，晚上我們開進去，接上水電，睡到中午才起床早餐。我們七點半吃第二餐，開始工作，通常清晨三點才能收工。」

「看來生意還不錯。」我說。

「吃一行怨一行。你看我們在挑擔，當然不吃力。」她說：「晚報看過了嗎？」

「沒。」

型的。」

「我看你還是看一下報吧。我們不知道貝絲什麼時候能回來。她是努力工作一

「我們先看看相片。」我說：「剛才在紅燈光下照片上的人是看不出來的。」

「不要弄錯了。我還不知道你付過錢沒有。」桃明說。

「我不拿走，我祇看一下。」

照片上兩個人呆呆的，枯澀而晦氣的。想到他們兩個困難的環境，越覺得照片拍得傳神了。紙框也增加了照片一點出色感。桃明竟那麼細心，這四張照片的紙框用的是卡巴尼塔的宣傳。照片中紅頭髮的現在應該躺在殯儀館。另外一位是鄧默斯，他應該還活看，祇是遷出溫契斯特大旅社後，不知所終而已。

足足等了二十分鐘，貝絲才回來。

「我有好多工作要給你做，桃明。」她說：「我們到下一站前，我的工作應該正好做得完。但是你會很累。這次有九批客人。」

「九個不同的座位？」

「沒錯。」

「老天！」桃明佩服地說：「還是個禮拜天的晚上！」

「我東逗逗，西逗逗，他們都很高興。」貝絲說：「照片給這先生了嗎？」

「他給你錢了嗎？」

「有。」

「好吧。」桃明把四張照片交給我：「這是你的了。」

我說：「第一次的四張照片，你們寄給誰了？」

「當然是叫我拍照的人。」貝絲說。

「知道了，是雪儷呀。對吧？」

「是呀，你認識她呀？」

「嗯哼。」

「這件事和你又有什麼關係？」

我說：「我祇是一點一滴把事情湊起來，看昨天出了什麼事了。你應該有雪儷的地址吧。」

「你應該另外還有二十五塊錢吧。」

我說：「你們小姐們蠻會敲竹槓的，是嗎？」

「人追求的是什麼呢？」貝絲問。

「你說說看。」我說。

她笑著說：「我們照片價格是四元一組。事實上每個人給我一元當小帳。等於五元一組。有的人自以為乖巧，多給我幾元錢，看我反應。」

我說：「我祇是要看看雪儷的地址而已。」

「桃明，把地址給他。」

桃明伸手向我，手掌向上。

我給她二張十元加一張五元的鈔票。心裏在受苦，白莎看到我報帳的時候不知怎樣損我。

桃明把登記本再打開，把地址給我：郝雪儷小姐，夢洛街，一九二五號，馬豪賽夫人轉。

桃明不經意地說：「先生，你有名片嗎？」

「當然。」我說。

她又把手伸出來。

我說：「要名片得付十元錢。」

「這什麼話？」

「我想你們一轉手又可以賣給下一個來客二十五塊錢。我到底還是留了十五元利潤給你們。」

兩位小姐相互看看大笑起來。貝絲說：「動手吧，桃明。我還需要把底片整理一下，一次那麼多生意祇能偶然為之。天天如此老命也會送掉的。我看我們還是先回紅巢把照片送去，把二十元收回來。再回到這裏，兩個人一起洗照片。『許願井』今天恐怕去不成了。」

我說：「帶我一程，我車子在紅巢。」

「我希望你能告訴我姓名。」貝絲渴望地說。

「我知道你希望。」

她大笑道：「你真不錯。有點意思。顯然你不願意告訴我們你的姓名。我們又不願意讓你白搭便宜車。你就幫我處理這批照片好了。」

「用兩隻手。」桃明尖酸地說。

第十一章　沒有人會相信的故事

在紅巢的停車場裏，我取回了公司車。開往夢洛街的途中，從後照鏡我看到一對車頭燈。車子離開我還很遠。我為安全計，加油猛跑了一陣。

後車的車頭燈距離我還是老樣子。相當遠，還不能說是在跟蹤我。

我看看油錶。油錶說我的油箱空了。但是我下午去紅巢的路上才把油箱加滿的。

當然，最可能的原因是油錶故障了。無論如何，現在正是時候，應該把化油器裏流得下來的油儘量利用了。我把油門踩到底。

我走的這條路是市區的遠端了。通過一個工廠不多的工業區，交叉路相距很遠，有大量空曠的土地，極少量的來往車輛和類似無止境的黑暗。

公司車氣喘，抖動，自動停住了。我打火，又走了幾秒鐘，車子咳嗽，引擎熄火，這下是真正一滴油也沒有了。

車子一停，我就把門打開。整條路上什麼可資交通的工具都沒有。遠處後面，有目的固定朝這邊過來的車頭燈在接近中。

我向四周看看，見到的都不能幫我什麼忙。路的一側有一個工廠，坐落在寂靜的黑暗裏，鐵絲籬笆很高，每隔一段距離掛塊大牌子「禁止入內」。平坦的路上有一條鋪路面的小徑供車輛通往工廠的。小徑的一側，正好在路面的外面停著好幾個拖貨櫃的拖架，沒有拖車頭，上面也沒有貨櫃，祇有平台和支撐，這東西本來沒有前輪，到了目的地或不用時後輪也可移去。

再遠一點，在空貨櫃拖架後面，是個露天貯貨場。方方的一塊土地用木板全部圍起，沒人能看到裏面堆儲了多少東西。

目前，最合理的做法是站在車燈前，請求過往旅客把我帶到下一個加油站請求支援。

我心裏有感覺，依照最合理的方法行事，不適合這次意外。

我再四處望望，想找個地方躲一下。沒有合適的。

我跑過路面，躲在貨櫃車架的一根支撐後面，儘量把自己身體減少暴露，縮在陰影裏。

實在是一個最不好的藏身之處。

車頭燈一路照過來，曾跟了我好久的車子停了下來。我聽到車門打開又關上。我聽到一個男人的聲音叫著說。「哈囉，有困難嗎，要不要幫忙？」

四周什麼聲音也沒有，祇有那輛車子的引擎轉動聲。另外一個女人聲音道：「他一定在這附近。他也許沒有油了，但一定在附近，他一直在我們前面。」

我僵直地曲縮在鋼撐的後面，一動也不動。後來的一對開始巡視附近。我祇能看到他們的身影，偶或見到腿部。男的有一雙粗壯有力的腿。女的腿，足可做絲襪的電視廣告。但是她的聲音冷靜得可怕。

男的說：「真是令人難信。寶貝，他一直在我們前面，不是嗎？」

「是的，一定是這輛車。他走不遠的。那些車架怎麼樣？」

「他不會待在車裏而跑到那邊去的。那裏又沒有汽油。任何沒有油的人不會自己跑到那裏去的。有腦子的人都會站在車子附近等別人來救助。他看到我們車子過來應該擺手請我們幫忙。」

「但是他沒有做他應該做的。」那女人說：「你猜猜看，為什麼？」

「我們跟得很遠，絕不是把他嚇跑了。」

「他一定還是在車裏。」女的冷靜地說。

男的走過去，打開車門。他一定前後座地下都看了。我聽見車門關上的聲音。看到十分模糊的影子走向我車尾，他開不開行李箱。

一時大氣中什麼聲音也沒有——除了另一輛車單調的引擎空轉聲之外。然後是一下很用勁的哼聲。我知道這是那男的用力試舉我車子尾部的哼聲。他滿意我不在車箱裏，說道：「不在車裏。」

女的冷冷地說：「那麼就只剩一個地方了。」

我看到他們兩個一起向我走過來。他們兩個一直在亮處，希望他們眼睛不要那麼快適應過來，這一點我可能佔幾秒鐘的優勢。

他們兩個走向拖車架最近他倆的一輛。我在一堆的中間位置，他們走到最近的一輛開始要沿背面巡視一週。

天色相當暗，大的車架陰影更重，我圍了柱撐轉，儘可能躲過他們直接視線。他們已走到第二輛的背面。

我從架子底下爬到近公路側的柱撐。他們對每個架子後的陰影查看得很仔細，移動也很慢。我是絕對沒有辦法藏身的了。

我蹲步慢慢離開車架，向車子方向移動，移動很慢，希望他們專注車架方向。老天也真幫忙，一點月色也沒有。

「跟住我，」男的說：「要是他在這裏，不要竄出來嚇了你了。」

「這是他唯一可能躲的地方了。沒有別的車經過這裏，除非他會飛。」女的生氣地說：「我也不相信他爬木板牆了。再說——嗨，那邊，在那邊！」

男的也叫著，他們兩個都開始跑。他們兩個都沒自架下走，都想繞過車架之間的空隙。

我在聽到女人一叫時，早已直起身子向他們開來的車子衝刺。他們的車，連門都尚為我開著。

我跳進他們車子。把車門碰上，吃上排擋，車已上路。

我走不上五十碼，後照鏡反射到車後一連串小點亮光。突然，後擋風玻璃放射成無數碎紋，一片模糊，向後已什麼都看不到了。

第一條交叉橫路處，我把車慢下左轉。又下一條交叉路口右轉。我進了一個住宅區。我找到電車站，把車拋棄在附近。離開車子前我記下車牌號，又看了放在駕駛座上的登記證。

車子是登記在一個叫羅三繆的名下的。地址是力平路九六八號。

我坐電車到有計程車候車的地方。下車改搭計程車。告訴計程車帶我去夢洛街一八一〇號。

到了地段，一八一〇號沒有亮燈。計程司機說他願意等候。我告訴他我是來早了一點，我要等我朋友回來。我付了車資，等他車走遠了，自己走一條半街，來到一九二五號。

這一帶的住家，在房子上投資不少。不見得都是太有錢的，但中上階級是絕對夠得上的。因為是新社區，房子都是新的，設計也現代化。這些房子都沒有樓，但是每間不一定在同一高度的地平面上。用了很多玻璃，外面看起來不規則，裏面多數另有內院。每家都有自己的游泳池。

我找的房子客廳半圓形向外凸出。車庫被凸出的房子遮蓋起來一半，後面是長長一條灌木籬笆。後面的情況別人一眼看不到。

我反覺得我進去之前應該先看看後院的情況。

我經過一塊草坪，沿了灌木籬笆走，選個灌木最疏的地方擠過籬笆，進入內院。一部份內院是舖上磁磚的。其他部份是新換的草皮。我要是有一個手電筒可能會看得清楚一點。我胡亂地站在濕的泥巴地上，直到我覺得應該站到磁磚地上去。

臥房反比前面客廳低落一尺左右。落地長窗是向著後院開的，所以根本不必考慮隱私問題，女主人在自己臥房裏絕不會怕路人見到，除非像我這種不速之客。

臥房靠內院側事實上沒有牆，祇有鋼架和防紫外線玻璃。部份是電力開啟的，隨時給臥房以最大的光亮和最多的新鮮空氣。摺疊式，垂直型的塑纖大窗簾，和臥房牆一樣大，也是電動的。目前齊集在一側沒有使用。

臥室內，太妃糖色頭髮的淺色髮膚女人，正是昨晚要我做她護花使者，把她帶去酒吧和汽車旅館的女人。她站在換衣鏡前欣賞自己穿了一半衣服的身材。臉上有滿意的表情。

我猶豫了一下，下決心這是攤牌的時候了。我向前走去。

臥室有一個落地窗開向比內院高四個階梯的陽台。我還沒走到陽台，她就聽到了我的腳步聲。從鏡子中她看到了有東西在移動。轉身看到我，認出我是誰，張大眼想喊叫出來，但是自己控制住自己。

滿臉不能相信這是事實的驚慌，她看我走完四級階梯，走上陽台。

「我能進來嗎？」我問。

她像被催眠一樣，眼睛瞪著我，手一擺，嘴裏呢喃道：「你——怎麼找到我的？」

我說：「是花了一點勁。肯談談嗎？」

「不要。」

「我也不認為你肯，但是你最好肯。」

她說：「我也一直在想念你。」然後她把右手食指豎起來放在嘴唇前面說道：「我們必須要輕一點，聲音響了姐姐會聽到。」接著她神經地傻笑，從床腳拿起一件睡袍，替自己披上。她說：「我就怕你會誤會——」

「昨晚放我鴿子的事。」我替她接下去說。

「是的，」她微笑著說：「怕你認為我是那一種女人。」

「我認為你是哪一種女人並不重要，重要的是警方認為你是哪一種女人。」

「警方？警方和這件事有什麼關係？」

我說：「你雖計劃得很小心。但是若要人不知，除非己莫為。傅東佛的車子，是你去停車場開出來的。你想找一個替死鬼，你選中了我。你把我帶到安樂窩汽車旅館，你知道我祇能用傅東佛的名字登記。你早就知道傅東佛和盛蜜妮在另外一個房子裏。你假裝喝醉了。你——」

「我是真醉。」

「你說謊。」

她臉上發紅。

我說：「別裝了。我們兩個當時都在演戲。你給侍者五元錢，告訴他你叫的威士忌加蘇打祇要給薑水就可以了。我給了十元錢。他告訴我你為什麼給他五元錢。並且我喝的威士忌也都是薑水。」

「你——為什麼——你——」

「正是如此。」

她在床邊坐下。突然她大笑。

我走過來，在她旁邊坐下。她湊過身來抓住我一隻手。「唐諾，請你不要生氣。」她說：「這件事不是你想的樣子。」

我什麼也不說。

她把腿架起來。袍擺自光滑的肌膚滑開。她沒有半點意思要調整，反而慢慢的踢動架在另一腿上的小腿，起先擺動祇一、二吋，看得出她在快快轉動腦筋，腿的擺動越來越大，每次擺動袍子的下襬滑開更大。

我說：「這件事牽涉事情太多，想理由說謊話祇會越說越穿。最好的方法莫如說實話。你祇有對我說一次的預演機會，然後你就要對警方來說了。」

「不可以對警察說，唐諾。」

「警察自己會來的。」

「但是和警察有什麼關係呢？」

「譬如說，謀殺案。」

「謀殺案？」她叫道，然後很快把手摀住自己嘴唇，好像自己知道出聲太響了，想把它塞回嘴裏一樣。

「唐諾，你瘋了！」

我說：「你把我留在汽車旅館裏。你走出去巡行著找到了你要找的房子。你敲門。你走進去大鬧。傅東佛拿出槍來向你開一槍。你——」

「唐諾，你瘋啦！完完全全瘋啦。」

「算是我錯了。」我說：「你來解釋看。」

「好，我來說。」她說：「我是想告訴你實情的，但是你會恨我。我不要你恨我。唐諾，我——我喜歡你——我——」

「是的，我知道。」我說：「再演一場戲安慰我一下。你非常漂亮，身材也美，是對我發生很大影響力。相信你成年後憑這些要什麼有什麼。昨天我的愚蠢就可以證明一切。今天我來是要你說幕後實況的。不再受你美色誘惑了。」

我伸手經過她裸露玉腿的上方，拈起她睡袍下襬一角。她坐著不動聲色，看著我，沒有反對。我把睡袍下襬拖回來，蓋住她的玉腿，把袍擺一角塞進她腿下。

她笑道：「你受不了？」

「消受不了。」

「你真是怪得好玩。」

「我想你說對了。我是有點怪。我思想陳舊一點。我比較喜歡別人真誠對我。大腿會使我糊塗。」

她說：「我就對你說真話，因為——因為我臨時想不起說什麼謊不會出糗。你突然闖進來使我心神不寧，定不下心來，就像我的大腿對你一樣。」

我說：「說吧，你現在這種心態很好，在改變之前，快把真相說出來。」

她說：「我把全部實情告訴你。我的真名是哈雪儷。我結過婚。我不喜歡那次婚姻。離婚的時候分了不少財產，我現在有錢——我用前夫的姓，他姓郝，我現在叫郝雪儷。」

「不必討論自傳，」我告訴她：「就直接說昨天晚上。你是在拖時間，想點子，這樣我不會相信你。」

「我是在說實話，唐諾。不過我要你瞭解，我喜歡你。我喜歡你比我認識很多很久的人都要再喜歡一點。你體諒別人。昨天晚上，你對我很有禮。」

我說：「能不能少兜圈子，開始說話。」

「我不過先要解釋，不是兜圈子。」

她把坐姿調整一下，把手放我肩上。眼睛看著我。「唐諾，」她說：「我要你相信我。」

「給我點東西讓我相信你。」我說：「還要快，警察可能馬上會來了。」

「警察！馬上會來！」

我點點頭。

「唐諾，不行，你不能這樣對我。」

「不是我能不能的問題，是你自己怎樣對自己的問題。」

「唐諾，我應該怎樣對自己？」

「至少你應該把真相告訴我，然後我可以幫你忙。」

她說：「你會誤會我的。」

我什麼也不說。

她說：「我有個妹妹比我小四歲。叫哈芍靈。我們都是從科羅拉多來的，來這裏還不到一個月。我妹妹是個小好人，她不亂玩。她是個熱情少女，也很羅曼蒂克，但從不把愛情當兒戲。她第一眼見到盛丹偉就愛上了他，而且愛得發瘋。有一度他們訂婚了。他是她生命中第一個男人。是第一個提醒她，她已經長成的人。她十分愛他。

「你知道，唐諾，一個女人真正愛一個人愛到什麼都不顧了，會怎麼樣。但是過不多久，男的厭倦了。這個女人太容易到手了。沒有錯，盛丹偉是有一段時間對我妹妹很傾心。我一再告訴我妹妹，女人不可以太容易讓男人得手。我妹妹不相信，她笑我，她說他們兩情相悅，快要結婚了。從此可以歡歡喜喜永遠在一起了。盛丹偉似乎不太喜歡一叫就來的女人。我妹妹是痴心到任何時間他一叫，就把自己裝進盒子，打一個緞帶結，送上門去。然後你知道怎麼了？」

「怎麼了？」

「他對她厭倦了——永遠服從他，任何他說什麼都對的。她從不看別的男人，也不讓別的男人看她——可是他厭倦了。」

「蜜妮來了？」

「是的——蜜妮。她精明，熱情，動作快。我不是亂講的。我知道我在講什麼。女人對女人批評最中肯了。」

「好，蜜妮能幹，又怎麼了？」

「她來到科羅拉多，她一眼看出情況。她玩『不容易得到』的把戲。」

「於是盛丹偉立即和她結婚了？」

「別弄錯了。不是那回事。他對她發生興趣，她回身就走，自肩上回頭看著他。他認為這是一種挑戰。他本身條件非常好。我想他是要表演一手他是情聖，女的都會來追他的。所以他就去追她。我想他原意是要到手後甩掉她，回到我妹妹身邊的。但是他自己也失去控制，落入陷阱，一回頭發現自己已和蜜妮情奔結婚。報紙上說是旋風式愛情。嘿！旋風式愛情是沒錯，祇是發動旋風的不是他。」

「說下去。」我說。

「他們結婚兩年了。我知道蜜妮守不住做家庭主婦的。我放眼注意她。她到這裏來看一個老朋友，姓許的。她們在海灘度假——玩一些小名堂。蜜妮又回科羅拉多。這次我得知她又來加州，所以我安排好一切，我要看她玩什麼花樣。」

「玩家家酒，當偵探？」

「沒錯，而且非常非常簡單。她一來這裏就和傅東佛聯絡。而當晚，她又和另外一位男士一起晚餐。她這回見了傅東佛很多次。上週她還和傅東佛去那個汽車旅館以夫婦名義登記。他們待在裏面直到過了半夜。由她開車把他帶回市區。他再取自己車回家。」

「我相信這種對自己配偶的不忠行為，使你倒胃口。」

「不見得。」她說：「我還很高興，王牌都在我手上，祇是還沒決定怎樣玩這局牌。」

「之後呢?」

「之後就要說昨天了。昨天我知道了他們兩個會到以前去過的同一家汽車旅館。我決定要使他們現原形，要他們名字上報，弄一個身敗名裂。」

「你怎樣做?」

「把你鉤上，讓你帶我去那家汽車旅館，用傅東佛夫婦名義登記。我讓你開傅東佛的車子，我一出去就報警說車子被竊了。我知道這種情況下警察會做的第一件事是查市郊的汽車旅館。而且我有信心在午夜前警察會找到停在汽車旅館的傅東佛車子。」

「你找我是要我做替死鬼的?」

「別鑽牛角尖!我根本不要你參與在內。我要的人是夠聰明，夠懷疑，能在我一離開，就嗅出事情不對，馬上開溜的。我看到你出來，繞過辦公室，走上公路。

「警察會在汽車旅館找到那車子。我準備給傅太太打電話，不要輕信她先生說汽車失竊的任何理由。而告訴她，她先生這兩個禮拜都在和蜜妮幽會。汽車在那裏被發現，正好使她要去那裏調查。一調查當然女經理會認出自稱盛丹偉的人，正是傅東佛。」

「當然你也要讓盛丹偉知道他太太在做些什麼事。」

「那是絕對當然的。」

「你真可愛。」

「我自己認為我是隻貓。」她說：「我有爪子。我是在為芍靈作戰，事實上盛丹偉愛我妹妹，一直在愛我妹妹。蜜妮不過是個闖入者。她看到這裏有個男人，她用點心機就可以獵獲。她就用些心機。芍靈是隻小羊，天真得不會預防，連一點還手力量也沒有。我來幫幫她忙是應該的。」

我說：「你出門，擺脫我後，有沒有聽到槍聲？」

她支吾著講不出話來。

「有沒有聽到？」我問。

她手指掐進我的手臂。

「有沒有？」我問。

「有。」

「當時你在哪裏？」

「在一個車庫裏。我看到你離開房子。我決定找便車開溜，然後我聽到槍聲。」

「當時認為這是什麼聲音？」

「我——我當時就認為這是槍聲。但是假如我知道這是從哪一個房子出來的槍聲，我——我會——我想我還是不會多管閒事的。」

「我想你是不會的。一起有多少響槍聲呢？」

「三下。」

「你聽清楚了？」

「是的。」

「什麼時候？」

她說：「十點零七分，不早不晚。我看過錶的。」

「之後如何？」

「唐諾，我告訴你事實。我當時怕死了。我躲著，我都見到了。我告訴你，槍聲之後，我看到屋子裏有人走動，我也看到一輛車開走。我想快點走。我的腿不聽使喚，我全身發抖。」

「之後呢。」

「我攔便車。用的是老理由，男朋友帶我出來，叫我自己走回去。給我搭便車的男人挺慇懃的。」

「把你送回這裏？」

「怎麼可能，唐諾。我不要留下任何尾巴。我要他把我送到一家旅社。我告訴他我住在那裏。他一走，我出來叫計乘車回家。」

「我想你一定編了一個緊張刺激的故事給他聽。」

「當然，一個男人在這個時候，這種地方，找到我這樣一個搭便車的人，他會等你講個好故事給他聽的。」

「有沒有想佔你一點便宜？」

「當然，唐諾。我是很逗人的。他以為我是想找樂子，祇是發現一起出去的男人不合胃口而已。」

我說：「你怎麼會把汽車旅館名字寫在一張菜單上塞在——」

「唐諾。我沒有。」

「沒有什麼？」

「不是我寫的。」

「但是是塞在你那包香菸中的呀。」

「我知道，但不是我寫的。」

「什麼人寫的？」

「我要知道就什麼都知道了。我也在想知道。你看，唐諾——不，我不可以告訴你，除非——除非我對你再瞭解一點。」

我說：「你還真是有心機的小鬼頭。」

她在床上搖擺著，兩隻眼看住了我。「是的，」她說。兩隻手捧住了我的面頰，把我臉拉向她，吻起我來。

吻了一會，她把我推開。

「現在，你不應該再有任何問題了，對嗎？」

她滿臉向我挑戰的神色。

「對的。」我說。從床邊上站起，走向臥室的門。

「你要去哪裏？」她問。

「首先，我要去打個電話給我一個朋友——宓善樓警官。他是總局管謀殺的。他認為我在騙他。我希望他找你談一談。」

「唐諾，你不能從前面走。我妹妹在前面房裏。」

「馬豪賽太太哪裏去了？」

「她今晚出去了。唐諾，拜託——放我一馬。我願意——去隨便什麼地方。」

「什麼叫去隨便什麼地方？」

「就是這個意思，隨便什麼地方。假如你想把時鐘倒退二十四小時，我也願意。」

「你的意思是——」

「老天，你不會叫我給你寫一張行動表，畫張圖表吧。」

我說：「把衣服穿好。」

「我穿衣服很快。」她說：「唐諾，你現在去靠右第二個臥室。在那裏等。那是我妹妹的臥室。我穿好衣服立即來接你。而後我們一起出去，我給你介紹我妹妹。我們假作是我放你從陽台旁側門進來的。她正在看小說，她——」

「假如她突然停止看小說，要回——」

「她不會的，唐諾，你一定要喜歡我妹妹，她是個天真的好女孩子。她心真的碎了，目前唯一的消遣是看小說。她整天的看，也不出去。這是最悲慘的事。唐諾，你要看到她，就知道我說得沒有錯。你就不會怪我做了這些事了。我也可以告訴你，我是好人。老實說，唐諾，我也想到過你，昨晚我睡不好，我不想把你當——反正我不該對你——」

她抓住我手臂，把我推出門去，指著走道上要我過去的臥室門。「就在那裏，唐諾。在那裏等，我馬上來，不會讓你久等的。」

我走幾步，等她把房門關上，踮足走到走道盡頭，向上走了幾小步階梯，隔了一個圓尖型有簾子的門框，看向佈置得很優雅氣氛的起居室裏。

一位褐色髮膚的女子半臥在一張香妃榻上。左手一本書，右手一支菸。看書看得非常專注。顯然房子裏沒有別人。

我走回雪儷指定我等她的臥房。這是一間差不多相像的臥房，祇是窗戶開向側面，所以是朝著鄰接的房地產的。目前窗簾是全開的。

是個女人的臥室。化妝品散放在化妝桌上。床是高級品，一張很軟的沙發，邊上有個站燈。一張小桌上面有雜誌和一本書。

我坐進沙發等待。然後我想起了臉上一定沾有口紅印。我走到化妝桌，對著鏡子，拿出手帕來，把口紅都擦掉。

我四周看看，臥室裏沒有電話。

我又坐進沙發，看了雜誌一眼，把那本書拿起。

這本書說到兩個相愛的年輕小孩。我翻了一下，覺得有趣，就開始閱讀起來。

故事一開始非常甜蜜。然後出現了一個精明又寡廉鮮恥的女人。男的完全迷惘了。女的控制住這個未經世道的男孩，使他連靈魂都糊塗不清了。但是他對另外那個女孩是色情以外，更有深度的感情，不是玩玩的。這本書已被人看到書頁很容易彎曲入手了。書的封面再用透明書皮包著。看來這是雪儷妹妹私用的聖經。

我用舌頭舔舔嘴唇。一時不明白為什麼嘴唇上不太舒服。然後想起這是雪儷唇膏留下的味道。對我不太適合。

我拿出手帕，用力地擦，又回到書中情節去。

隱隱的我感覺到時間在消失。我想雪儷衣服換得真慢。突然我想她可能經由陽台又溜了。又想想這對她一點好處也沒有。我已經找到她了，也知道她是誰了。她的妹妹就在起居室裏——看小說。我也隨時可以從前面、後面離開這裏。

臥室門打開，有人站在門口沒進來。

「我看你也該出來囉。」我說。

我聽到一聲叫喊聲，把頭抬起。

站在門口的不是雪儷。是那褐色髮膚的女郎，雪儷的妹妹。

見到她愣住在那裏，白的臉，黑而睜大的眼，空洞的眼神，我看得出她和雪儷在某些地方是有家屬性的相似的。她比雪儷年輕，脆弱一點，敏感一點。她的內心誠實，熱心一點，但是目前她正準備要再次大叫。

我站起來，說道：「我在等雪儷。她要我在這裏等。」

她相信了，情緒也平靜下來：「但是你是怎麼進來的？」

「雪儷帶我從側門進來的。」

「從側門？」

我點點頭。

「我怎麼會沒聽到？」

我說：「你在看書，你看入迷了。」

「我是在看書，但我——不至於——」

我說：「雪儷要我不出聲，把我放在這房間裏，她要換衣服。」

「我不瞭解她為什麼把你放在這裏。這是我的臥房。」

我說：「這時候雪儷應該已經換好衣服了。我們讓她來給你解釋好了。」

「她在哪裏？」

「她自己臥室裏，走廊到底。」我指指那方向。

芍靈用驚愕、恐懼的眼光看著我。她不知道應該大叫逃跑，還是走下走廊去看看。

我走向她。她立即有了反應。一溜煙跑向走廊尾端。「雪儷！」她大叫道：「雪儷！」

她把自己靠在雪儷臥房門上，把門打開。然後一動不動站在門口。

我微笑著向她說：「芍靈，不要緊張。過一下你就會對我認識多一點了。」

她向臥室進去一步，然後我聽到她大叫，驚怕得有如被尖刀戳進肚子一樣的尖叫聲。然後她用比尖叫更大的聲音喊道：「救命！救命！警察！警察！」這一帶的鄰居怕是都聽到了。

我站到門口，以便從她肩頭看向房間內部

雪儷已經把睡袍脫去。剛才我見到她時，身上穿得並不多的衣服也都已脫去。她身上祇有胸罩及黑三角褲。

她已經被一隻自己的絲襪勒住喉嚨，窒息而死了。絲襪緊緊地扣在頸部，屍體仰臥床上，她的身體仍是漂亮、美好。她的臉雜色斑駁，已變了形，一時不能相信這就是她，也不易接受這個事實。

「警察！救命！謀殺！」芍靈大叫著。

一個男人的聲音，可能是鄰居，隔屋叫道：「出什麼事呀？什麼事？」

我聽到碰一下關門聲。一個男人腳步聲從磁磚地過來。

我快快轉身，走下走廊，五六步進入起居室，經過起居室走出前陽台，跑進黑暗，到了馬路的人行道。

我需要很多時間好好想一想。在那個房子裏，目前已不可能。目前我的故事，已經沒有人會相信了。

第十二章　死亡之吻

沒有再比這種消息更受報紙歡迎的事了。報上什麼都登出來了。

女郎是站在鏡子前面穿衣服，準備好好的過一個週日夜晚的約會。這是一個暖和的日子，所以落地長窗沒有關。由於落地窗是向著內院，有充份隱私的，所以女的沒有在換衣服的時候把窗簾拉起。

一個色情狂，一定是一直在偷窺。也許不斷在這一帶經常得逞的。這次也是從長窗偷窺在臥室裏換衣服的半裸女郎。

色情狂的男人從樹叢進入。有一塊草地早上才移植新草，園丁旁晚才新澆的水，所以泥土十分鬆軟。色情狂在泥地裏站著，泥濘直到他足踝。然後向前，走在磁磚上，直向臥室。經過的地方留下清楚帶泥的足跡。

上陽台階梯時，他是踮足輕聲的。

女郎此時祇穿胸罩、三角褲，在鏡子前擦口紅、擦粉，計劃穿什麼衣服，使自己更能迷人。

突然她潛意識告訴她有事情不對勁。她準備轉身。

已經太晚了。

一隻她自己的絲襪，已經套到她頸子上，收縮著，越勒越緊。一隻凶惡、殘忍的膝蓋，壓到了她的背部，抵住她反抗。她要叫，但叫不出聲。她臉漲得通紅，但兇手把絲襪越拉越緊。

一切的掙扎都是徒勞無功的。

窒息使她伸出手，希望抓那兇手的手或解除勒緊她脖子的襪子，但是無情的兇手是有經驗的，在她背後，又用膝蓋頂著她使她不能動彈。強壯有力的手一點機會也沒給她。終於她全身一陣抽搐，香消玉殞了。

兇手把她翻過來，仰臥床上，用唇吻她。屍體臉上的唇膏描述得一清二楚。死亡之吻。

報紙逢到這一類新聞，豈可放棄報導。報上有妹妹的照片，屍體祇穿那麼少的照片。

報紙又繼續報導。

殺人兇手意猶未足，來到另一間臥房。他的目的顯然是找尋另一位被害者，或是等待死者妹妹回臥房來。

就在那房間裏，因為正好有一本言情小說，就吸引了他的注意力。他開始閱讀這本小說。

多大膽的兇手！

這本言情小說，正好是哈芍靈最喜歡的，一直放在臥室裏的。所以特別用塑膠書皮保護著。由於警方知道兇手曾經翻閱過這本小說，而且警方是在兇案發生後幾乎立即到達現場的，所以能在書上得到一套完整的兇犯指印。

死者的妹妹陳述，當她回到自己臥室的時候，兇手一面在看那本小說，一面用一塊手帕在擦掉沾在嘴唇上的口紅印。顯然這口紅是來自他剛謀殺的屍體嘴唇上的。兇手沒想到死者妹妹會那麼快突然闖入，所以在急速站起來的時候，把手帕掉落地上，事後就被警方撿到。從手帕上檢查留下的口紅，經分析和死者唇上的完全一樣。手帕上的口紅來自被謀殺的女人，已成絕對的事實。手帕上有洗衣店的記號和號碼，因為日久，目前不易辨認。警方希望能用各種方法查出這個記號屬於哪一家洗衣店，可能也是一個找到兇手的好線索。

看報上陳述的，我覺得有如在懸崖峭壁的邊緣玩拔河的遊戲。不是全盤皆輸就是落崖而亡。

不知怎樣我突然想起，一年之前，有一次去參觀州立監獄，看到裏面死刑執行室的情況。很多不知道的人以為絞刑死亡的犯人是死於窒息的。其實不然。突然發生的頸椎骨骨折，使脊髓受傷或斷裂才是死因。所以絞刑犯事實上死得很快速的。一塊厚重的活動翻板在執行人很輕的按鈕下會發出很響的聲音掉落。很響的聲音正好遮蓋住死囚頸椎斷裂的聲音。免得死刑見證人聽到那種發自繩子圈套後的不愉快響聲，三天也吃不下飯。

我已經有感覺，我是站在這樣一個正方形翻板上，另外一個執行者給我頭上套一個黑口袋，把一根白繩子打成的吊人結套在脖子上，鬆鬆的圈套自二耳後向上吊起。

我先是因為沒有油，後是因為有人要殺我，祇好拋棄在半路上的二號公司車，目前好好的自動回來，停在停車場裏。

我試著發動引擎，查看油錶，油箱是滿的。看管停車場的人不知道車是昨晚什麼時候回來的。他上班的時候，車子已經在那裏了。

我沒有再問什麼問題。

我把報紙夾在腋下，裝做滿不在乎的姿態走進辦公室。

卜愛茜，我的私人秘書，從打字機上抬頭看向我。

「週末愉快嗎？」她問。

「不錯。」我說。

「看你今天很活潑的。」她說。

「像中了獎一樣。」我說：「你自己也像電影明星。白莎上班了嗎？」

她點點頭：「她正想要見你。」

「有人找我，我在她辦公室。」

我走進白莎的私人辦公室。

白莎用閃爍的眼睛，瞥了我一眼。把旋轉椅轉一個角度，示意我坐到她前面專供客戶用的大皮椅子。旋轉椅吱嘎地叫著，好像同意她的意思。

我把門關上。

「把門帶上，好人。」

「辦得怎麼樣了？從八萬元裏分杯羹的事，有眉目嗎？」

我說：「那個衣箱的事辦妥了嗎？」

「你以為我祇會吃飯呀！」她說：「衣箱是小事。你要白莎做什麼。祇要開口，沒有辦不成的。」

「衣箱現在在哪裏？」我問。

白莎用手放桌沿上，連人帶椅向後一推，自辦公桌底下拿出一個小衣箱。

「你怎麼拿到的？」

「我去看盛丹偉。我告訴他我在調查這件案子。我想這件案子也許不如警方宣佈那麼單純，有可能是一個設計好的佈局。也有可能幕後有更大的陰謀要掩護。」

「像是什麼？」

「誰知道？我沒有說明。」白莎說：「我祇提供大體可能情況。那可憐蟲連心都碎了。我讓他倒在我肩上哭泣，然後餵他點酒精。他本來已經灌了不少了。我告訴他我要那箱子。他給我箱子還吻我。老天，這傢伙崇拜我，親了我。」

「你就拿到了箱子。」我說。

白莎用手背猛力向臉頰一擦，說道：「你說對了，我就拿到了箱子。」

我走向箱子，看了一下道：「出了事之後，箱子有沒有被——」

「我怎麼會知道？」她說：「你對警察頂清楚的。我問過盛丹偉他有沒有看過裏面。他沒有，他不願觸景生情。」

我把箱子打開說：「他們當然已經把子彈拿走了。白莎，你來看看，有什麼意見。」

「我有什麼意見！我看是個渾蛋衣箱。」她說。

我說：「我們可能不會有時間慢慢來調查這件事了。我們一定要從這個箱子找出，它不只是一個箱子的事實來。再說，為什麼要開這箱子一槍呢？」

我開始自衣箱裏拿出摺好的衣服來，一件件放在白莎桌上。疊起來，使子彈洞在一條線上。又用白莎桌上的鉛筆通過這些孔洞，把衣服串在一起。

一件上衣摺疊得非常整齊，但每一層上的洞孔不在一條線上，把洞孔對齊了，摺痕就完全不對了。

我說：「有人把上衣重新摺過了。」

「也許是警察。」白莎說。

「摺疊得非常仔細。」我指給她看。

「也許是女警察。」

我說：「我們重新摺一下，看洞孔對齊的時候，是怎樣摺法的。」

我試了五六種摺疊法，沒有一種湊得起來的。

白莎看出興趣來了。

我說：「還有別的摺法嗎？女人摺上衣裝進箱子，是怎麼摺法的？」

「別問我，我的方法簡單。我通常把衣服抛進箱，把箱蓋一蓋，用一百六十五磅體重向上一壓，把蓋子鎖上。你知道我的，我早過了更年期了。我不在乎外表如何。不光屁股就可以了。」

我說：「白莎。我們有點來不及了。」

「有什麼東西在燒你屁股，好人？是不是你又闖了禍了。」

我說：「我也許要離開一段時間。」

「為了調查這件案子？」

我點點頭。

「你會替我們公司賺錢，你是大佬。」白莎說：「你對我最清楚了，我愛的是什麼。既然有八萬元錢別人拿不到正在外面亂晃，有你這個腦子多少我們也可以弄一點來——來——」

「來把百分之八十給政府交所得稅。」我說。我知道這最有用。白莎閉嘴恨恨地坐在那裏，嘴裏咕嚕著祇有自己聽得到的壞字眼。

我把那件上衣放回衣箱。關上蓋子，拿進自己的辦公室。

卜愛茜停止打字，看看我，又看看箱子。好奇地問道：「要出門？」

「也許。」

我點點頭說：「愛茜，到我私人辦公室來一下。」

「這箱子是女人用的呀。」

她把自己椅子推後站起來，跟我進入我私人辦公室。

我把門關上。說道：「愛茜，我們祇有很少時間。我們要快。你是一個來到汽車旅館和情人幽會的女人。門已經關了，你在房裏，你第一件事做什麼？」

她臉紅了。

我說：「不是，不是，別誤會。我們繼續。你脫下上衣。把上衣怎麼辦？」

「當然是掛起來。」

我說：「再看看這箱子裏的東西。我們不知道當初裏面的衣服是怎樣次序擺進去的。但是好幾樣衣物上面有了彈孔。有的在內衣，襪子上。有的在衣服上。這一彈孔在手帕上。現在，你幫我看看這件上衣，這件上衣有點問題。你能不能把它摺疊起來，使上面的彈孔在一條線上？你看槍彈經過這件上衣有四五次之多。」

「那是因為疊在一起的關係。」她說。

「那你把它疊還原樣試試看。」我說。

愛茜把上衣放在我寫字桌上鋪平。試用各種方法摺疊，希望使彈孔在一條線上。但是不能成功。

愛茜仔細地看這件上衣，把上衣腋下部份湊近鼻孔聞聞，把上衣放下，又摺疊一陣說：「上衣不是放箱子裏的，一定是亂七八糟一團塞進箱子裏的。」

她把它團起，用一支我桌上的鉛筆，像我剛才在白莎房裏做的樣子自一個個彈孔穿過。上衣就皺團在桌上。

「一個女人會把這樣好一件上衣這樣塞在箱子裏嗎？」

她搖搖頭說：「不會，這是一件穿髒了的上衣，穿過了的。但是即使穿過了的，女人仍舊不會這樣亂塞——」

「等一下，你什麼意思說穿過了的？」

「我說這是件髒衣服，她穿過了的。」

我說：「假如你要去汽車旅館找你心愛的人幽會，你會不會在一箱全是乾淨衣服裏塞一件髒上衣呢？」

「當然不會。你說她只有帶這個箱子？」

「是的。」

「男的帶什麼？」

「沒有行李。」

卜愛茜再看看箱子內容。仔細研究著。

「唐諾，把頭轉過去。」她說：「不要偷看。」

我把身子背過去，自肩後向她說：「你不必神神秘秘。沒有什麼警方沒有見過的東西。」

「我要看的東西，他們沒有看過。」

我走向窗口，點燃一支紙菸。

愛茜說：「好了，轉過來吧。我想這是她當時穿的上衣。她是穿這件上衣去的汽車旅館。」

「愛茜，我也是這樣想的。雖然我沒有辦法證明，但是我是這樣想的。」

「後來她脫下之後，一定是這樣塞在箱子裏的。」她說。

我看到她揣摩出來的方法。彈孔的確在一條線上，但是上衣一半摺疊，另一半皺皺地團在一起，塞在很小一個位置裏。

我說：「你會不會這樣對付你的上衣？」

她搖搖她的頭。

我說：「好，我知道了，誰都不會這樣。另外，我要告訴你，愛茜。大事有點不妙了。」

「為什麼？」她說。

我說：「反正有人會大發脾氣。我現在要出去辦一件案子。因為太重要了，所以連你，我也不會告知我去那裏了。但是你一定要記得告訴每個人，我早上來過辦公室。我並沒有半點匆忙。我祇是出去辦件案子去了。你──」

門砰然被推開。白莎站在門框裏，氣得難於開口。

「怎麼回事？白莎。」我說。

「這，」白莎說：「這渾蛋的銀行！我要換一家存鈔票了。你知道他們怎麼對付我？」

「怎麼對付你？」我問：「發生了什麼了？」

「許可蘭給我們的支票已經軋進去了。銀行竟不要臉皮說是要從我存款扣還去。他們說查詢的時候，對方是憑了許可蘭存進去的代收支票，認為存款足夠付她開的支票的。」

「代收支票退票了？」我問。

「他們是這樣說的。」

「許可蘭存進她戶裏的代收支票是什麼人簽發的？」

「他們不肯說。」

我說：「不要緊，我來處理。」

白莎說：「這完全是銀行錯。我們收了錢，就不管我們事了。銀行這樣通知我，是什麼意思？」

我說：「他們試一試也沒什麼錯。」

「祇是試錯對象了。我要——我要——」

「支票軋進去了，是嗎？」

「當然，當天就軋進去了。」

「那還有什麼困難？」

「對方銀行想從我的銀行，我的戶頭裏把錢扣回去。認為這是因為信任客戶代收支票而造成的錯誤。他們可以這樣做的嗎？」

我說：「你把支票怎樣處理的？你有沒有把許可蘭的支票，拿到支票戶的銀行去拿現鈔？」

「沒有。」白莎說：「我拿到樓下，我們自己的銀行，請銀行打電話她的銀行，查詢支票是否是好的。銀行查過後說沒有問題，所以我存進了我們戶頭裏。由於這個電話查詢銀行就把它進帳了。」

「之後呢？」

「今天早上。票據交換的時候，這張支票退票了，因為許可蘭存進自己銀行的一張支票退票了。唐諾，好人。他們絕對不能這樣對付我。」

我說：「問詢是不能作準的。假如你是存進我們自己銀行去交換。支票退票，他們不必付你的。存進的代收，也等於沒有。」

「但是，是他們電話說沒問題的。」

「星期六早上，是沒問題。」我說：「現在是星期一。很多情況不一樣了。」

「可惡！」白莎說：「早知道如此，我們不會替那小狐狸去跟蹤什麼人。」

我說：「我來看看有沒有補救辦法。不要告訴任何人我在忙什麼。不要告訴任何人我可能會去那裏。這件事相當嚴重，我一定得非常非常小心。」

「我嘴巴緊得很。」白莎保證：「但你一定要給我把姓許的小狐狸找到。她其他地方一定還會有點鈔票。也許可當掉點首飾。她有個有錢的姨媽。叫她找姨媽付我們錢。」

我笑笑說：「你的意思是去叫姨母付錢，來查她男朋友底細？」

白莎說：「我不管你怎樣做，我要你想辦法使這張支票能兌現。兩百元，我們不能讓煮熟的鴨子飛了。」

我說：「我先要出去瞭解一下情況，然後就辦這件事。你告訴別人我祇是出去辦點普通小案子。我隨時會回來的。」

「我看你今天早上有點像長了蝨子了。一直坐立不安，為什麼？」

「我沒有呀！」我說：「我是想早點把事情弄清楚，不要——」

「不要什麼？」白莎問。

「不要先被警察想到了彈孔的問題。」

她說：「傻瓜，現在所有事情都結案了，除了——那保險費之外。唐諾，不要洩氣，有八萬元的出入呀！」

我說：「不要想別的，多想想那八萬元，對你健康有益處。記住，現在祇有一件事——保險金。」

「不能為了這件事忘了那兩百元的支票。」她說：「我不願意讓銀行認為我們是好欺負的，好人。我恨起來會跑進去把他經理帽子抓下來踩兩腳。你處理，好人。不過不要讓那小狐狸給你灌迷湯就好了。」

「不可以？」我問。

「不可以！」白莎叫道：「不跟你開玩笑，唐諾。你該知道世界上沒有值兩百元的迷湯！」

白莎跑出辦公室，把門從身後砰然帶上。

我說：「白莎和許可蘭也許對於迷湯的估價不一樣。」

卜愛茜把眼皮低下，說道：「你呢？」

「我是當事人，不是鑑定人。」我說。

愛茜莊重地繼續把眼光向下看。

過了一下，她說：「賴先生，早上的報紙看過嗎？」

我點點頭。

「有沒有看到那漂亮金髮女郎的兇殺案。那個被絲襪勒死在自己臥室裏的？」

「有呀，怎麼啦？」

她說：「我一直在奇怪，憑了警方所公佈的外形，怎麼有人會找到兇手的。」

「什麼意思？」

「就是說，警方公佈了一個兇手外形的特徵。你沒看報紙呀？」

「看了，怎麼樣？」

她大笑著說：「老實說，他們好像是看了你來形容的。像極了你！老天，我一面看，一面就覺得熟悉。我想我也許見過這個兇手，我又看一遍，才發現根本就是形容的你。我就大笑了。這種形容可以看出多不可靠。」

「你講得亂有道理。」我說，走向門口。

「會回來吧？」她問。

「會，當然會。」我自肩後向她說。

我乘計程車到浮羅尼加路一千九百號附近的一個超級市場。自側門出來，走到一六二四號。

我用昨天試驗成功的按鈴方式按門鈴。

傳聲器中傳出許可蘭的聲音：「什麼人？」

「賴唐諾。」我說。

「噢，我現在不行見你。」

「為什麼？」

「我才起來。昨天睡晚了。」

我說：「隨便穿點東西，讓我進來。我有要緊事。」

她猶豫了一下，還是按了電鈕開了門。

我把門推開，走進去。

許可蘭已經把房門打開一點，我推門進去。

她自浴室向外說道：「坐一下，不要客氣。幾分鐘就好。」

「不必那樣有禮，隨便披件東西，我有話說。」

她把浴室門打開一條縫。「誰說有禮來著。」她說：「我總要使自己見得人。你沒見過才起床的女人呀？像鬼一樣。」

「我怎麼會知道？」我問。

「找個機會惡補一下。」她說。笑聲中把門砰上。

我坐下來等。

等了十五分鐘她才出來。她還是穿了睡袍和拖鞋，但是頭髮已經小心地梳過，臉上化妝得很好看，唇膏也擦得十分仔細。

她說：「你真會選最不適合的時間到這裏來。」

我看看她說：「你真是鮮艷漂亮。」

「什麼意思？」

「你根本不需要打扮。從床上爬起來，保證就可以參加選美。」

「謝謝你。來杯咖啡？」

「好極了。」

她打開一扇門，是個袖珍小小廚房，隱藏得有如壁櫃。一個瓦斯爐，一個架子放少許碟子杯子，一個小冰箱和一個洗槽。「抱歉沒有別的東西給你吃。我自己不吃早餐。」

「沒關係，我吃過早餐了。其實咖啡也喝過了。」

「為什麼那麼早來看我？」

我說：「為你給我們的支票。」

「那兩百元？」

「是的。」

「怎麼啦？」

「跳票了。」

她正在把咖啡倒進咖啡壺去。轉過身來，咖啡罐仍在她手裏：「你說什麼呀？」

「跳票了。」

「為什麼？那張支票像現鈔一樣硬。」

「銀行意見不一樣。」我告訴她：「他們說你有存進去一張代收支票，又開出一張支票。你存進去的一張出了毛病。」

「唐諾，那真是荒唐！那張支票不可能不兌現。」

我說：「你可以打電話問銀行，假如你不相信我的話。」

她慢慢地把咖啡罐放下，好像不能接受這是事實。她說：「老天！這一手我倒是沒想到。」

過了一下，我說：「白莎在跳腳。」

「她會的。」

「你要怎麼辦？」

她看著我說：「目前什麼辦法也沒有。」

「沒有錢？」

「一毛也沒有。」

「銀行裏總還有點錢呢？」

「有又怎麼樣？」

「朋友那裏可以借一點。」

「我不想。」

「你的姨母現在看起來沒有上星期六重要了，是嗎？」

「閉嘴，坐在這裏等咖啡。」

「那張跳票的支票，什麼人給你的？」我問。

「你要什麼？」她問：「等喝咖啡還是滾蛋？」

「等喝咖啡。」我說。

她把水放進咖啡壺，把火點上，拿出一個烤麵包機，把吐司麵包取出，打開冰箱，拿出一罐混有碎堅果的巧克力醬。

「看過報紙了？」我問。

「沒有。」

我把晨報交給她說：「等咖啡的時候，你最好看看今天的頭條新聞。」

她說：「我寧可陪你聊聊天，報紙等一下看沒關係。你很有趣，你來是想探查一點消息是嗎？」

「我已經探查過了。」

她打開報紙，瞥了一下報頭，從第一頁往下看，看到謀殺案的地方停了一下。翻到第二頁，看那女孩祇穿胸罩、三角褲死在自己臥房裏的照片。

「真是可怕到極點了。」她說。

「什麼？」

「一個女孩就這樣被人勒死。」

我沒說話。

「一定是色情狂，」她說，全身顫抖了一下：「我最怕看這種事了。」

我從衣袋中拿出香菸盒。「來一支？」我問她。

「謝謝。」

她拿了一支香菸，我給她點菸的時候，她用兩隻手幫我忙。我也替自己點上一支，走過去看向窗外。

突然我轉身。

她已經把報紙翻到運動欄，正在研究賽馬消息。

我又向窗外看去。我聽到她把報紙摺回去。「這裏看出去不亂。」她說。

「嗯哼。」

「都市裏能找到視線還好的公寓，不簡單了。」

我說：「你比昨天客套多了。」

「也許因為我比較喜歡你了。」

「也許。」

「也許今天我好過一點了。」

「也許。」

「也許你自己心裏有鬼。」

「也許。」

「木頭人！」她說：「你會不會說一些反對的話？」

「不會，留著等白莎來說。」

「好，由我來對付白莎好了。」

我說：「白莎要是正式告你簽發空頭支票，你就笑不出來了。」

「我簽支票的時候，存款是夠的。出毛病的不是我。」

「銀行不是這樣說的。銀行祇是代收。沒收到前你不應該開出支票的。」

「我存支票的時候他們沒這樣告訴我。他們收了支票，在我存款上加了一筆。我可以證明給你看。」

「我來看一下。」

她猶豫一下，站起來，走進臥室。

過了一下，飄然回來，很薄的睡袍貼住她前身，其他部份都隨了她身子轉動。她給我看一本小的存摺。用塗了指甲油的指尖指向最後一行存入的紀錄，是五百元一筆款項，後面有個鉛筆字，大概是她自己做的款項來源記號。

我把她手指移開一點，看到她每個月有固定的二百五十元存入。

她突然瞭解我在看什麼，一下把簿子合攏。

「贍養費？」我說：「我想要是再結婚，就沒有了。」

她眼露狠意說：「你是我見過最沒有禮貌，最可惡——」

「這些贍養費，」我繼續：「祇夠最節省的開支。你應該再結一次婚，換一個付得起多一點贍養費的戶頭。」

她說：「賴唐諾，有一天我要甩你一個耳光。」

「不可以。」我告訴她：「打出我野性來，對你沒有好處。」

「野性，」她嗤鼻道：「你有屁個野性。」

「還在想那十元錢的賭注？你要能讓我調戲你，你就可以在存摺上加上十元錢。」

她改變她的臉色。「我已經忘記那件事了。」她說：「我現在後悔不該和你打這個賭。」

「我也後悔。」

她用低音發自喉嚨說：「我們現在開始取消？」

「不行，」我告訴她：「我需要那十元錢。」

她立即又生氣得臉泛紅色。「你——你——」然後她大笑道：「你喜歡開玩笑，是嗎？」

「不是開玩笑，」我說：「我在工作。」

「我想，你也從來不會在工作的時候輕鬆一下。」

「正是。」

「我想，我不會喜歡這樣的人。」

我說：「我喝完了咖啡，你可以趕我出去。」

「我正在這樣想。」

咖啡壺開始冒香氣。她餵了兩片麵包進烤麵包機。我沒有要吐司，但是我喝了兩杯咖啡。她一面吃，一面觀察著我。

我說：「可蘭，我要知道實情。」

「我沒有騙你呀。」

「你告訴我，那個年輕人想要賣給你姨母一些股票或別的東西。」

「我祇是怕他會這樣。」

「你還怕他會向你姨母求婚，看中她的財產。」

「我也有這個意思。」

「但是，你付兩百元錢的時候，並沒有要我們查出來這兩件事。你祇要知道他是什麼人。」

她沒有說話。

我說：「可蘭，我們不要兜圈子。」

「我沒有，是你在兜圈子。疑神疑鬼，亂猜八猜的，我看你完全是為了滿足自己的怪腦筋。」

我說：「可蘭，我們兩個重新再談談。你也許可以接受你姨母一點錢財，但是機會並不像你暗示我們那麼多。錢的數目更比你要白莎相信小得很多很多。」

「那又如何？這和你們是沒有關係的。」

「你講得沒錯。」我說：「但是，你到我們辦公室來，你要我們跟蹤一個人，查出他的名字。那個男人經常拜訪你姨母。你做了很多解釋為什麼要跟蹤他。但這個解釋相當勉強。最不合理的是，白莎要你兩百元，而，你絲毫不討價還價，付錢了。兩百元對你這種收入的女孩子，不是筆小錢。

「現在，又發生了小插曲。你銀行裏並沒有你想那麼多存款。你星期六存進去的五百元支票跳票了。你存支票一定是在去我們辦公室之前，因為你一走白莎就把支票軋進我們樓下的銀行，而銀行之間的電話聯絡證明你的代收支票已經在你銀行裏了。

「你銀行因為你有五百元代收支票，所以暫時同意說你的存款可以應付兩百元的支票沒問題。但是銀行發現你五百元的支票拿不到錢的時候，當然你開出去的兩百元支票也落空了。」

「老天。」她說：「你一遍又一遍說這件事。就算這是真的，又怎麼樣？」

我說：「很簡單，事實都放在眼前。你以為沒問題的支票，現在你已經知道不可兌現了。假如你還有一點點希望，你當然會急著向給你支票的人聯絡，向他收回五百元，存進銀行，使我們的兩百元也兌現。但是你沒有。可見這張支票不是一個正常生意的交易。你沒有去追發票的人，因為你突然發現追問這五百元已經是絕望了。」

「好，就算你說對了，又如何？我們每個人都會不小心拿到空頭支票的。跳票也不是空前絕後的。」

「你沒有跳票。」我說：「你簽支票的時候千真萬確是存款有餘的。即使現在我還不相信那五百元支票是跳票。五百元支票是好的。祇是銀行發現簽支票的人死翹翹了。」

她把正在拿起來湊向唇邊的咖啡杯停住在半空，放回碟子，一聲不響地看著我。

我說：「換句話說，那張五百元錢的支票是盛蜜妮給你的。盛蜜妮一定是在星期六早上，你去我們公司前和你見過面。盛蜜妮告訴你，她要知道那位和你蜜莉阿姨經常來往男人的底細。蜜妮告訴你，她給你五百元支票給你花用，指定你到我們這個私家偵探社，教你怎麼說法，為什麼要跟蹤這個男人。所以五百元是她給你花的。

「盛太太知道她不能自己到我們偵探社來，她實在找不出什麼理由對我們說，為什麼她要跟蹤這男人。但是你有理由。事實上據我看，你的蜜莉姨母根本沒有想留任何錢給你，你也根本沒期望她會留錢給你。你編的故事，目的祇為了使我們相信你僱用我們是有理由的。你花這兩百元根本不必考慮，因為反正是蜜妮出錢。我要的是事實，你可以把我不知道的告訴我。」

她輕蔑地說：「你真會推理，是嗎？」

我說：「你還是告訴我事實好。不然，我請警察來問你。」

她更輕蔑地說：「警察能對我怎麼樣？」

我說：「警察可以給你銀行一張傳票。會查出五百元支票的來源。而後再給你一張傳票，叫你宣誓作證。」

她用手在咖啡杯上不斷搓摩。兩眼望著剩下的咖啡。

我說：「我不能等你一天來考慮。」

她歎口氣道：「唐諾，給我支菸。」

我給她支菸，給她點火，她深深吸一口，長長地吐出，用很美妙的姿勢夾著香菸，雙眼凝視著菸頭，在研究怎樣開口。最後她說：「好，唐諾，算你贏了。」

「那就說吧。」

她說：「我和蜜妮是好朋友。我們以前時常一起在外面混的。也一起兩對一起出去玩。我們彼此瞭解，也有很多樂趣。蜜妮對所有男的都不肯認真，我們抛掉他們，溜掉他們，目的祇為好玩，或是看看有什麼反應。」

「這是她住在這裏替傅東佛工作的時候？」

「是的，她是他的秘書。」

「之後呢？」

「之後蜜妮去了科羅拉多。她有一些有錢親戚在那裡。她遇到了盛丹偉。她認為可以使他落網。以蜜妮來說，這個人和她之間並沒有愛情。但是蜜妮知道他是一張好的長期飯票。所以就把網子張開，盛丹偉就落網了。」

「之後呢？」

她說：「蜜妮當然又厭倦了沒有變化的正經主婦生活。她夠聰明，知道再也不能像以前那樣玩了，但是有人陪她談談以前這種瘋狂日子，也是十分過癮的。所以她常藉口來看我，我們兩個一聊，就聊到半夜兩三點。談的都是以前我們在冒險的日子。」

「而後蜜妮有一個空閑日子，她叫它假期。她要我陪她去海灘度假。她說科羅拉多的海拔高度使她神經緊張，她要到海平線度假。所以我們兩個就去海邊。」

「你們又冒險玩開了？」

「別那麼古板，」她說：「我們賣弄了一點風情而已。但是也祇限於此。蜜妮到底是結了婚的人。她什麼都有了，社會地位、鈔票、好的家庭、傭人和一切。不過我知道她不快樂，她要亮光，要歡笑，要動作，要大家圍著她。她更喜歡變化。她聰明，她知道什麼時候停止，她就停止。」

「但是別人還是進攻？」我問。

「什麼時候？」她說。

「在海灘度假的時候。」

「指對我進攻？」

「指對你們兩個進攻。」

「當然，我從來沒有見過一個男人，到頭來不向我進攻的。」

「蜜妮怎麼辦？」

「吊著他們的胃口，牽著他們的鼻子。我們到東到西有護花使者，有泳池伴侶。那次有一個傢伙對蜜妮五體投地，祇是不得其門而入。」

我說：「蜜妮有一張照片和他一起拍的。她的頭靠在他裸胸上面。」

「你怎麼會知道的？」

我說：「我看到這張照片了。」

「賴唐諾！是不是你偷了我的底片了。我知道祇有你會幹這種事。我到東到西找，就不知道我放那裏去了。我——你——我要——」

我說：「當然，是我拿的底片。你不肯給我看喲。」

「我不喜歡你這樣對我，這是偷竊。」

「一切已經過去了。我們還是談主題。盛丹偉對那次海灘度假有沒有什麼疑問？」

「我告訴你，那次海灘什麼事也沒影響。我們玩弄了一對寶，寶一對，而已。」

「那一對寶，當中有沒有一個鄧默斯？」

「我除了那次在蜜莉阿姨家見了你說的鄧默斯一次之外，我從來，一輩子也沒見過鄧默斯。再說，那一次蜜莉阿姨也沒有給我們介紹。」可蘭又一次確實地向我申明。

「然則盛蜜妮為什麼要我們跟蹤他呢？」

「她不是請人跟蹤他。她是要知道他是什麼人。他和蜜莉阿姨又是什麼關係。」

「她怎麼知道，這個人認識你的蜜莉阿姨？」

「這一點我無從知道。唐諾，老實說我不知道。盛蜜妮星期六早上來找我。她來這裏後我們見過兩三次。星期六早上她來的時候得意洋洋，就像什麼大事有解決的好消息一樣。她很激動。她給我那張五百元的支票，要我到你們辦公室，說是要弄清楚，一個男人到底是什麼來頭。不過不能讓他知道有人在調查他。她說這男人認識蜜莉阿姨。經她一形容，我才知道她說的是哪一個男人。」

「你也並不真正知道，這男人想要你姨母什麼東西？」

「不知道。他四點鐘還會再去看我姨母，也是蜜妮說的。」

「你不知道，那個人是要賣股票給你姨母，還是想娶她做太太——」

「我不知道。老實說也許祇是推銷保險的。我自己造出來些故事告訴白莎。這樣萬一你們漏出消息，不會牽涉到蜜妮。蜜妮千叮萬囑的這一點。她說任何不良後果祇能查到我為止，不能牽到她身上。」

我說：「你們那麼要好，但是有件事蜜妮始終瞞著你的，是嗎？」

「哪件事？」

「她和傅東佛那麼要好，你始終不知道，是嗎？」

她說：「唐諾，這是我始終奇怪得要命的事。我可以確定蜜妮是守不住任何秘密的，假如——假如真有這種事，她也沒有理由瞞著我。我真的奇怪。她會和傅東佛——」

我問道：「週六晚上十點鐘左右，你在哪裏？」

「我——我出去玩了。」

「女朋友？」

「不關你事。」

「男朋友？」

「去你的。」

「我希望你能有個時間證人。」我說。

「時間證人？什麼意思？」

「那是謀殺案發生的時間。」

「哪件謀殺案？你說什麼呀？昨天哪件謀殺案？」

我反問道：「你說絲襪殺人的案子？」

「是呀。」

我說：「我是指盛蜜妮的謀殺案！」

「你以為駭人聽聞。其實沒有嚇到我。」

「為什麼？」我問。

「我清清楚楚知道，這不是自殺的案子。」她說：「蜜妮不是那一種人。蜜妮絕對不會自殺。我也不相信傅東佛在她心中會有任何重要的地位。我知道她尊敬他，那祇是辦公室秘書對老闆的正當情感。傅東佛在她替他工作的時候，也沒有真正的動過她念頭。」

「傅東佛在她離開後會那麼放不開她嗎？」

「我也在想這一點。我的結論是不可能。蜜妮和我無所不談。我不相信有什麼她的事，我不知道的。」

「你真的知道她那麼多？」

「當然。」

我說：「有人找我，你可以說我來過，又走了。」

「有人會來我這裏找你，唐諾？」

「也許。」

「你辦公室？」

「可能。」

「對，我給你們的支票，你的合夥人預備怎麼辦？」

「可能會剝你的皮去賣。」

「唐諾，一切我都已經解釋清楚了。這不是我的過錯。」

我說：「假如你能向白莎用言語解釋清楚，使她放棄兩百元的收入，你就可以用言語使原子彈不爆炸了。」

我把大致的概念留給她。自己離開她公寓再去和自己困難搏鬥。

第十三章　唐諾成了殺人犯

雖是山窮水盡，但是我還有一個線索。艾包伯在我走後打過一個WA九——八七六五的電話。

昨天晚上追蹤我的汽車，登記證登記的是羅三繆，力平路，九六八號。這兩件事，會不會是一件事呢？機會不多，但是很容易證明。

我在電話簿裏找羅姓的部份。沒有羅三繆。我試打WA九——八七六五，是一個公寓的公用電話。地址力平路，九六八號。

我去力平路。這是不是對我有幫助還不能說。時間已經所餘不多了。這兩位照相的小姐一睡醒，用早餐的時候隨便看一下報紙，她們一定會想起給我的地址。到那個時候宓善樓會發出一個通緝令，我的自由時間也就完了。

力平路的地址是一個不能稱為公寓的公寓房子。住戶牌子說羅三繆住在二樓。

我按門鈴。

相當久，沒有回音，然後是一個男人聲音，自二樓樓梯口問道：「什麼人？」

「有信給你。」我叫道。

電鎖把門打開。我進門，走上樓梯。

站在二樓樓梯口的男人，體格非常好，寬肩、粗膀，二十八九歲。看起來任何情況他都自己可以應付。他脖子很粗，像是職業拳手或摔角手。他的深色頭髮蓬鬆，沒有梳理。他穿長褲、拖鞋，上身穿睡衣。他的鼻子曾經破裂過，後來痊癒過程中，連臉都有點扁了。有點像東方人了。他懶洋洋笑道：「怎麼回事？」

我把身後的大門關上。說道：「要是吵醒了你，我抱歉。」

「喔，沒關係。反正這時候也應該起來了。什麼事那麼要緊？誰讓你送信來？」

「信是我自己要送的。」我說。

他嘴角上的笑容消失。把兩隻腳分開站在那裏，惡狗擋路的姿態。敵意地說：「老兄，我不喜歡這樣。」

「名字是賴唐諾。」我糾正他說。

他皺起前額，猛想那裏聽到過這個名字。

我提醒他說：「昨天晚上我們還玩過捉迷藏。」

突然他想到了。他笑了，殘忍的笑容看到左上側的牙齒被人敲掉了兩個，沒有補起。「好呀，好呀，」他說：「原來是這樣的，進來，我讓你坐一會。」

他站向一側，伸出一隻手來。

我握他的手。勉強忍受他不是太用力的一握。「你車弄回來了嗎？」他問我。

「很好。」我說。

他說：「我們給你的破銅爛鐵加了點油，居然還能走到你平時停車的地方。我祇好把鑰匙留在車上。好在我不相信會有人偷你那玩意。」

「不要緊，沒有丟掉。」

「我的車怎麼樣了？」他問。

「停在一個電車站附近。我想你已經報失竊了。」

他皺皺眉說：「你一定以為我是個低級打手。老天！別怕，我絕不會對付你的。」

他帶頭，把我帶進他公寓。

我說：「我一直在打電話告訴你。但是沒有人接電話。我有你電話WA九—八七六五。」

「怎麼會，你怎麼知道的？」

「喔，我有辦法得到這一類消息的。」

他笑著說：「那是走廊底上一個公用電話的號碼。通常除非正好有人在邊上，否則打進來也沒有用。不過房東太太人很好，正好又住在電話旁的公寓裏，她要是還沒睡，多半會出來接聽，是什麼人的就叫什麼人。她要是睡了，誰也不會管了。」

「昨天晚上，你要是捉到了我，你要幹什麼？」我問。

他笑著說：「我要用這雙鐵拳打扁你的臉。也許打開你的頭。完全看你是不是肯服貼。」

「那麼，今天早上，你準備怎樣呢？」我問。

「今天，我請你喝杯咖啡。你認為如何？我在床上已經看過報紙了。我現在餓了。」

「我今天已吃過三次早餐，外加超額的兩杯咖啡了。」

「那就陪我吃好了。隨便坐，不必客氣。我還得問一個人，能不能放你走。你看起來是好人。」

「昨晚上到底怎麼回事？」我問。

「你知道的。」

「不，我不知道。」我告訴他。

「你該知道的。」

他輕鬆，態度優雅地開始工作。他把咖啡放進咖啡壺，開始煮咖啡。把頭伸進臥室門縫說：「早，寶貝。」

一個女人睡態聲音說：「外面什麼人？」

「你猜不到的，」羅三繆說：「穿上衣服自己出來看。」

我聽到腳落地的聲音。臥室的門打開了。一個漂亮小巧的紅頭髮站在門口。她穿了一件睡袍，明顯是三繆的。她把袖子捲起了六到八吋。睡袍在身上包了一圈半。長袍有一半拖在地上。更使她看來長得小。

「看看這位先生。」三繆說：「他就是昨天出我們洋相的那個人。從拖車場裏跑掉的人。」

「真想不到。」紅頭髮說：「他今天早上自己來的？」

「沒錯。」

「要什麼？」

「鬼才知道，你去梳洗梳洗。我們一面吃早餐，一面聊。」

她說：「好。」把門關上。過了一陣，我聽到浴室水響。

「很漂亮的孩子。」羅三繆說。

「真是的，很漂亮。」

「你還沒見到她身材呢，像魔鬼一樣。上帝也真造得出這種人。等一下出來你仔細看看。漂亮的小魔鬼。你蛋要怎麼吃？」

「我今天用了三次早餐了，謝謝。」

「喔，是的。你說過了。我早餐一定好好吃。我需要能量。她長得漂亮，不會煮飯。」

「為什麼不教她？」

「過幾天也許，但我不在乎。」

他拿出幾塊切好片的醃肉，放在一只平底鍋裏，把平底鍋放在瓦斯爐上，說道：「我一定要承認，你腦子很快。」

「倒不是腦子快。祇是運氣好而已。」

「是我自己笨，」他說：「我等於把車子放在那裏協助你脫逃。你到底躲在哪裏，石頭底下？」

「是在拖車架那裏。」

「無論如何，你總是聰明的。汽油沒有了，能想到有人要害你，腦子很快是真的。再說，恐怕汽油快要完了，你已經知道了。車一停下，你就躲起來了。」

「你的目的是什麼？」我問。

「老天，你知道我要什麼。我要那些照片。我也要揍你一頓。教訓你一下，以後不關你自己的事你少管。」

「為什麼？」

「因為，」他一面說，一面把爐上火焰調整到正好的程度：「這是職業道德。你應該多問問別人。」

「我就喜歡和你玩。為什麼艾包伯要叫你對付我？」

「少玩聰明，老兄。今天還太早，我也還沒用早餐。我不太喜歡空了肚子工作。」

我說：「我無所謂。要想知道的已經知道了。」

「我也認為你已經一切都明白了，否則你不會這時候出現在這裏的。你不是笨人，事實上，你是聰明人。那玩意兒你要來有什麼用？」

「我在調查一件保險案子。」

「兩個騙子的照片和保險案子有什麼關係？」

「也許很有關係。」

「等一下我一面吃，你一面說給我聽。」

醃肉已經煎得滋滋發聲。他用叉子把它翻過一個面。臥室門打開，紅頭髮走出來，她穿了緊身褲和毛線衫。

「看到沒有。」羅三繆自誇地說：「我告訴過你。」

我點點頭。

「寶貝，你來煎肉。」三繆說：「我把臥房整一下。」

她走向瓦斯爐，向我笑一下，轉過身，把爐火重新調整一下。

羅三繆轉頭自肩上向後說：「不要調那個火，我調好了的，剛剛好。」

她沒有理會他，祇是彎身低頭看一看爐子裏的火。

「看到我告訴你的了嗎？」三繆自房間裏叫喊著說：「美妙的曲線。你看她彎下來的樣子。」

「喔！你渾蛋。」她說。語調裏一點不高興的表情也沒有。

羅三繆把臥室門關上。

她把火調到她喜歡的程度，轉身向我笑笑道：「你挺能幹的。」

「我希望如此而已。」我告訴她。

她說：「還好昨天晚上沒有捉到你。有的時候阿三喜歡動粗。他就忘了他自己多壯，別人吃得消，吃不消。」

「我看得出來。」我告訴她。

她用兩隻手掌把緊身的毛線衣向下摸摸平，嘴裏問道：「外面氣候怎麼樣？」

「很好。」

「有太陽？」

「一點雲也沒有。」

「會熱起來？」

「我看不見得。」

「看看那張桌子。」她指著一張淺色，漆得非常光亮，和室中其他傢俱無法相配的桌子給我看。說道：「好看嗎？」

「真漂亮。」

「阿三給我的生日禮物。是俄勒岡的桃木做的。我相信你沒見過那麼有光澤的東西。」

「這倒是真話。」

她拿過一塊厚布墊放在桌上，再舖一塊桌布。「你是貴賓。我們要在這張桌子上請你用早餐。」她說。

「你真好，祇是我已經——」

「我知道，但是至少你可以和我們一起喝杯咖啡。」

我看著她走來走去。她外型非常美，她自己也知道。她喜歡有人注視她。

她說：「聽說，你要的已經知道了。」

「嗯哼。」

「我說過你很能幹。阿三知道了你要了他一下，反而大笑了。」

她又把醃肉翻了一個身。「你真的不想來顆蛋？」

「真的不要，謝謝，我什麼也不吃。」

紅頭髮說：「要不要來點新聞？」

我說：「我可以把報紙遞給你——」

「不要！自己看多麻煩。我喜歡聽。」

她走過去，把收音機打開。轉到一個正在播新聞的電台，我們聽到的顯然是播到一半的後半段。紅頭髮說：「我把它開響一點，阿三在裏面也可以聽得到。」她把收音機的聲音轉高。

播音員把國外新聞做了一個終結的評論。又報告了國內勞工糾紛的新聞，然後轉到了當地消息。

收音機有一點雜音，但是播音的人口齒清晰，他說的時候聲音很響，有條不紊。他說：「昨晚被一個色情狂，用絲襪勒死在臥室裏的哈雪儷謀殺案，對本市警察局，兇殺組的宓善樓，是一件大膽的挑戰。

「宓警官目前有一個線索，正在找一個替哈小姐辦案的私家偵探。

「才不久之前，警方已經宣佈，殺死哈雪儷的，確實是一個叫賴唐諾的私家偵探。賴唐諾和他的女性合夥人柯白莎是本市的有照私家偵探。兩個人合開一間叫做柯賴二氏私家偵探社。不但死者的妹妹已經清楚地從賴唐諾的照片，指證賴唐諾就是昨天等在她臥室，準備再殺她的人，而且警方已經在她臥房的一本小說書上找到了賴唐諾的全套指紋。這本小說書是死者妹妹哈芍靈心愛的讀物，所以她給它包了一個透明的書皮。沒有想到竟成了最有力的謀殺案證據。哈芍靈回到她自己臥房的時候，兇手已經殺死了她的姐姐，殘忍，但好整以暇在她臥房看小說等待第二個犧牲者。

「另外一家市郊汽車旅館的經理，已經從照片證實，賴唐諾和死者哈雪儷，曾在先一天，星期六晚上，到她旅館裏，賴唐諾用傅東佛夫婦的名義登記租了一間平房。

「對調查謀殺案非常有經驗的宓善樓警官，今天很謙虛地告訴記者，兇殺案才發現沒有多久，但是警方已經有那麼多證據，能確知兇手是什麼人，對一般民眾言來，是不可想像的事。但是，宓警官從被謀殺女郎的特徵，立即想起另外一件案子在調查的時候，一個汽車旅館經理人所形容一個女郎的特徵十分吻合。宓警官把汽車旅館的女經理請到停屍的地方，一看那屍體，案子就明朗了一半，餘下的祇是常規工作了。

「汽車旅館女經理知道死者曾在星期六晚上，以傅東佛夫婦名義和一個年輕男人住店。宓警官知道這位年輕男人是私家偵探賴唐諾。所以宓警官把賴唐諾照片拿去給死者妹妹指認。死者妹妹因為和兇手說過話，一度相信是她姐姐的朋友，所以對他看得很清楚。對照片認為沒有問題，就是這個男人。

「至於謀殺的動機，宓警官表示：賴唐諾這個人是個絕頂聰明人，但是有的時候宓警官認為他有點不正常。賴唐諾的合夥人，柯白莎，也說到祇要有女人稍稍向他表示好感，賴唐諾就會靈魂出竅，一切表現失常。

「警方有把握可以找到兇手，為了免得引起騷亂，現在還沒有發佈兇手的特徵，請全市民眾協助逮捕到案。但是預期在本台每一小時前五分鐘的新聞快報中，下一次的新聞報導，可能會發佈他的特徵。目前警方已經封鎖全市兇手可能潛逃的出路。宓警官相信在兩個小時內可以找到賴唐諾。宓警官警告全市的巡邏車，這是一個絕望的逃犯，在捕捉的時候要十分小心，除非是突然，出乎意外的出手，或是火力強大的情況之下，否則還是有危險性的。知道他行蹤的人請和警方或本台聯絡，不要私自出手。」

廣播員開始其他的新聞報導。紅頭髮鎮靜地走過去，把收音機關上。

羅三繆自臥室出來。用濕毛巾把臉上洗一洗。「嘿。」他說：「真是有意思。」

我點上一支菸。

「我們怎麼辦，阿三？」紅頭髮問。

「你有槍嗎？」三繆問我。

「沒有。」我說。

「女人是你殺的？」

「不是。」我說。

「你指紋怎麼會留下的呢？」

「時間合宜的時候，我會解釋給合宜的人聽的。」

「我看現在就是個合宜的時間。」三繆說。

他走到我和門的中間。

「羅三繆，不要把我留在槍口前面！你——有把你槍帶在身上嗎？」女的說。

「我根本不需要槍。」羅三繆說。

我繼續抽我的香菸。

「我去報警。」女人說。

「等一下，等一下。」羅三繆說：「做人要聰明一點。」

「怎麼啦？」

三繆說：「到明天早上要是他們還找不到他，警方就會在他頭上掛一點懸賞。假如他就這樣完全不見了，你知道會發生什麼事，警方乾跳腳，市府就拿獎金出來。」

紅頭髮看看我，勉強地說：「你看起來非常正常。你怎麼對這樣一個女人下得了手？做這種事你又得到什麼滿足呢？」

「閉嘴！」三繆說：「我，有主意了。賴，站起來。」

他用腳跟慢慢向我推進，雙肩向兩面擺著：「不要亂動，老兄。」他說：「千萬別轉什麼歪腦筋。祇是站起來，把身子轉過去。」

我站起來，把背轉向他。他用手檢查我身上，說道：「寶貝，這老兄沒有說謊。他真的沒帶槍。」

我又坐回椅子去。

女的說：「我一秒鐘也不敢單獨和他在一起！」

羅三繆點點頭。用他高顴骨上面，因為以前拳擊生涯受傷，現在永遠腫著的眼睛，鑑定地看著我。

我說：「我沒有殺她。」

「我知道。」他笑笑說：「她吻你。突然她發了神經病，抓起自己的絲襪，圈在自己脖子上，把自己勒死。你怕得要命，但束手無策，沒有能力阻止她。我最清楚這種事，老兄。」

紅頭髮說：「阿三，你要讓這個人走近我一步，我就殺了你。」

「別忙，寶貝。」三繆說：「他不敢靠近你半步的。你煎你的醃肉。你已經把它煎焦——」

「你自己來做早餐。」她說：「我已經——」

「你做早餐，」他告訴她：「我要用一隻眼看住這傢伙，你要不做早餐，我就出去吃，把你們兩個留在這裏。」

這威脅很見效，她抓起鑵子把醃肉從平鍋剷起。

「再倒點水，倒點牛奶，玉米粉，香料，替醃肉做些濃汁。」三繆說。

「我知道怎樣做，不必教我。」

「好，不和你爭，祇要快點就行。」

女人做濃汁。三繆舔舔自己厚厚的嘴唇，說道：「我想我可以從你身上弄一票。」

我說：「你留住我，總有一天你把我交給警方，我就把你供出來，說你為錢強迫窩藏我。」

他大笑道：「你的話現在一分不值。你急著要去分辯你沒有殺死那女人，急著分辯為什麼你的指紋會留在言情小說的封面上。口紅又怎麼會在你手帕上。你對警方講的話沒有人會相信。我保證弄點鈔票是沒問題的。」

「千萬別想把他放在這裏。」女的說：「我——」

「閉嘴，寶貝。我要好好想一想。」他說：「賴，你要這些照片幹什麼？」

「我在辦一件案子。」

「什麼樣的案子？」

「喔。一件愛情悲劇！又是謀殺，又是自殺。」

「那件汽車旅館裏的案子？」女的問。

我點點頭。

她用睜得大大圓圓的眼睛看著我說：「那個女人和你一起去的旅館，你們登記成夫婦，是嗎？」

「警察是這樣說的。」

「你要她跟你去那裏，為的是——」她說：「你要接近她，可以把一隻襪子套到她脖子去，可以——」

「閉嘴！寶貝。把濃汁倒進來，把鍋子洗乾淨。開始做蛋吧。賴，你真的不想來點蛋？」

我搖搖頭。

「好吧，就四個蛋，寶貝。」

「我已經不餓了。沒有胃口了。」

「給我好好做蛋。」三繆命令著，向她走上一步。

她閉上嘴，開始弄早餐。

三繆思索地說：「是該用點腦筋。」

「假如你想把他放在這裏，自己走出這裏一步。你回來的時候就再也見不到我了。」

「就是這個關係傷腦筋。」三繆說：「我不要他跑掉，我又要找到包伯，但——我又不要包伯知道你在我這裏。」

靜寂了一陣子，羅三繆說：「我可以給你一支槍，寶貝。你可以指著他。你就坐這裏，祇要——」

「我告訴過你，祇要你不在房裏，我一秒鐘也不敢和他在一起，不管你給我多少支槍。」

羅三繆又把這情況研究了一下。

我說：「你可以到東到西跟著我，照樣可以弄點錢。」

「怎麼會？」

我說：「你怎麼長不大？你難道一輩子祇想做個夜總會打手？」

「你認為這世界上你想做什麼就可以做什麼的呀？」他問：「不做這個又做什麼？」

「也許你我可以聯手一下。」

女的把早餐放到桌上，羅三繆開始吃他的早飯。

「你給我小心了，」紅頭髮憤憤地說：「這傢伙詭計多端，你祇要答應跟他合作，我馬上離開你，一陣風一樣。」

「條件怎麼樣？」羅三繆問我。

我說：「這裏面有八萬元保險金賭注。保險公司準備把差不多一年內付的保險金退還了事。他們會叫死——假如有人能叫他們把八萬元吐出來。」

「什麼人能？」羅三繆說，一面湊著碟子把醃肉刮進嘴巴。

我說：「我正在試。我在調查這件案子的這個角度。我去看這個女人，她正在換衣服。她要我去她妹妹房裏等她。有人跟了我過去，我相信是你。」

「不是他。」她的聲明：「你不能往我們頭上推。自從你把我們車子偷走後，我每一分鐘都和他在一起。我們找了一輛過路車，給你車弄了油，開進城，停在你停車場，乘計程車回這裏。」

我說：「另外還有人知道那地址。」

「什麼地址？」

「那女人的地址——被謀殺女人的地址。」

三繆笑著說：「你的故事挺不錯的。我們來看一下。你去那女孩房裏的時候，她正準備換衣服，是嗎？」

「是的。」

「她沒穿好衣服就在吻你？」

我點點頭。「然後你很害羞，所以到她妹妹房裏等她換衣服。她也不好意思當了你面換衣服，所以叫你到她妹妹房裏等。」

「信不信由你，但這是事實。」我說。

他大笑道：「寶貝，你覺得那女孩如何？」

「這些事與我無關。」她宣稱說：「別把我拖進去。我想起那可憐的女人，心裏就不是味道。」

我說：「我改變主意了。我也想來兩個蛋。不要麻煩你們。我自己會弄的。」

我開始自椅中站起。

「你坐在那裏別動。」羅三繆說：「不要想站起來。你真要吃蛋，我們請寶貝給你做兩個。」

她喊道：「我不要替這個色情狂兇手弄東西吃。你為什麼不讓他自己弄。」

「他餓得太突然了。」三繆眼睛轉來轉去地說：「他突然要煮東西。給他手裏拿一鍋的熱油，你看有什麼結果。他會一股腦兒倒在我眼睛上。再來對付你。」

「喔，喔！」她說。

我說：「疑心很多，嗯？」

「我當然疑心很多，」三繆笑道：「我又不是第一次和你對手，吃一次虧，學一次乖。你小子很能幹的。」

紅頭髮站起來，替我做早餐，放了兩顆蛋進平鍋，我看著蛋在平鍋裏受罪。她沒有把鍋子洗淨，黑黑的油渣沿了蛋的周圍在冒泡。

「把胡椒瓶拿開，不要放在桌子上，寶貝。」三繆說。

「我還要用呀！我吃蛋要胡椒。」我說。

「你的蛋上由我來給你撒胡椒。」三繆說：「把胡椒瓶給你，說不定你把蓋子打開撒我一臉的胡椒——你也不要去動那咖啡。」他看見我伸手向那咖啡壺，說道：「要什麼東西祇能開口。我來給你倒咖啡。不，我也不倒，由寶貝來倒。寶貝，給他倒杯咖啡。」

羅三繆把椅子退後一二呎，說道：「賴，你不要動。不要想點子，我馬上回來。」他跨進臥房，把門開著不關，才一下下拿了支槍出來。「好了。」他說：「至少可以減少你一點歪腦筋。」

我把油膩膩的蛋，吞下肚去。又吃了兩片吐司和一杯咖啡。咖啡倒是相當好的。這些食物差了點勁。

羅三繆看著我吃東西，自得其樂地說：「我看得出你每一口都要吞兩下才吞下去。」

「什麼意思？」我問：「你是在指責寶貝烹飪技術太爛。我好像什麼事都不能做了，是嗎？」

我開始喝我第二杯咖啡，他還是盯住我一步不放鬆。

他說：「你就坐在這椅子上，不論發生什麼事，不可以站起來。懂了嗎？」

我打個呵欠，說道：「我不在乎。我本來想幫你的太太洗碟子的。」

「他的太太！」紅頭髮說。大笑起來。

「沒關係，寶貝，就算這樣好了。」羅三繆說。

我說：「三繆，你認為今天早上我為什麼到這裏來？」

「我不知道。」

「我和艾包伯有一個約定。目的就是那八萬元。我們祇能拿到其中一角，不過是很大的一角。我想艾包伯現在快要到這裏來——除非他想把你除外了。他不會幹這種事吧。會不會？」

羅三繆兩眼眨眨，滿是疑心地問：「什麼意思把我除外？」

「我祇是問一下。」

「我怎麼知道他會不會？」

我們坐著不說話。紅頭髮把水放進洗槽。我們兩個坐著看女郎柔軟的手在水槽裏把洗乾淨的碟子，一個個放上碟架等乾。

我看看手錶，說道：「奇怪，包伯還沒有給你消息。我以為他一定會來這裏的。」

「他說了要來這裏？」

我說：「我把我知道的全部告訴了他。我告訴他我要替他找一個好手，萬一該他辦的事有棘手時好用。我告訴他事成後他得多少。他把你的姓名、地址給了我。我告訴他你曾經和我有過過節。他笑著說什麼不是冤家不聚首。反正是差不多的話，我忘了。我告訴他我立即來看你。我當然認為他即使不馬上跟來至少也該和我聯絡一下。」

又是一段時間的寂靜。

我說：「他不會想把我們兩個都騙進吧，會不會？」

「我又不是他的合夥人。」羅三繆說：「我祇是他的打手。」

「這件事裏，你應該算是有一份的。」

「一起有多少錢？」

「八萬個大洋。」

「怎麼會？」

我說：「把昨天的報紙拿出來。你自己看一下。傅東佛是死掉了。假如他是自殺的，因為投保未到一年，所以保險公司不付保險金。他的遺孀祇能取回所付的保險金費。假如他不是自殺的。保險公司對意外死亡是雙倍給付的。這次保險是四萬元。它的一倍就是八萬元。」

「八萬元。」三繆自己輕輕說著，又舔舔厚嘴唇。

我說：「其中我們的大概是兩萬元左右。你的好處可以使你自己創業，另外為紅頭髮買些衣服穿。她要背景好一點，我看她有明星希望。」

「你真認為有希望？」女的問。

羅三繆生氣地對我說：「你祇要對我一個人說話就可以了。不必代我擔心怎樣花錢。我會花得很——假如我有鈔票。」

紅頭髮說：「我相信你想把我除外了。假如——」

「閉嘴，寶貝。」他命令道：「我要靜一靜，想一想。」

接下來一段靜寂，房間裏可以聽到廉價鬧鐘在他房裏滴答響。紅頭髮已洗完髒碟，把洗碟毛巾掛在冰箱旁邊。

我把咖啡杯拿起，她替我倒入壺底黑濃的香咖啡。

「該替他熱一下，寶貝。」羅三繆說。

「沒關係，」我說：「這樣很好。」

我坐著，把咖啡握在手裏。

突然羅三繆做個決定：「寶貝，我一定要給艾包伯打個電話。」

「不可以把他留在這裏，和我在一起。」

「來，這樣。我把槍交給你。你坐在房間這一頭。離他遠遠的。他要亂動，轟他一傢伙。你絕對不會有罪的，他是個殺人兇手。警察正在找他。他是逃犯。他闖進來，我去報警。」

「我就是不要和他單獨在一起。」

「沒有其他方法呀，」羅三繆說：「我一定要打電話。」

「我去打電話。」

「包伯知道你在這裏，會怎麼說？」

「萬一他真來，你怎麼辦？」

「你就該後門溜走。」

「我現在先走。」

「一定得等我打完電話再走。需要你來看住他。」

「我說過，我不要單獨和他在一起。」

「這樣好了。你搬張椅子坐門口。假如他亂動，你開槍。我在外面會聽到的。老天，你大叫我也聽得到。我會立刻趕到的。你要開槍，不必猶豫，肚子和胸部目標大，對著轟就可以。」

「我很想轟他一傢伙是真的。」她說：「想到那女人，她也有很好的身材。告訴你——他令我反胃。」

我對羅三繆說：「當然，包伯可能本來沒有把你計算在內，而是我以為如此，瞎起勁的。」

「他應該把我算進去的。」三繆說。

我說：「按我看，包伯對汽車旅館裏到底發生什麼事知道得相當多。他知道什麼人出來——」

「等一下，等一下。」三繆說：「你不要把包伯看錯了。他主持的那個夜總會是規規矩矩的。他不要我們這批混混在那裏出入的。偶而一、二個女的在那裏佔一點小便宜，但這已經是夜總會的大事了。夜總會是乾淨的。」

我說：「至少他自己有這意思，他對這件事是清楚的。他說你和我可以把這件事證明出來。也許是我告訴他太多了。」

「寶貝，你拿著這支槍。」三繆說：「我一定要打電話給包伯。」

「你沒有理由給他打電話。」女的說：「你的依據祇是他講的話而已。」

我看得出他對這句話認為很對。他又靠上椅背，說道：「也有道理，這傢伙鬼得很，多半在說謊。」

我說：「你想看到什麼？變戲法、電視，還是包伯的話登在報上。能告訴你，已經不錯了。」

「既然你想告訴我們，就告訴得清楚一點。」她說：「我們也可以知道你的目的。」

我說：「好的，我把我知道的都告訴你們。艾包伯和鄧默斯有一筆交易。我沒興趣過問他們搞什麼鬼。鄧默斯在星期六晚上那件所謂雙雙自殺案中搞了什麼鬼，我也不瞭解。但是我知道他們兩個人和這件案子脫不了關係。我有一個機會，可以要回八萬元保險金。傅東佛的遺孀會很高興分我們兩萬元或更多一點。艾包伯很有興趣。他叫我到這裏來——不過，我不知道，他可能是把我們三個都騙了。我真不高興坐在這裏當傀儡。」

「你會一直坐在這裏當傀儡很久。」三繆說。

「倒不是我不願意離開。我也暫時不想離開。我早晚會拿到傅太太給我的獎金，而且姓哈的女人死亡的真相也會出現。我可以安安心心用賺來的錢。」

「你是在說，女人不是你殺的？」

「當然不是我殺的。」

三繆說：「我決定打電話給包伯，這是最後決定，不再改變了。寶貝，你拿這支槍去。」

羅三繆把手槍交給女郎。她選中門和我中間的位置。

「我把門開著。」三繆說。

他又把四周情況看一下，向女郎點點頭，很快地走出門去。

女郎坐在那裏，門半開著，槍指向我。我看到她扣住槍機的指節，皮膚上一道白痕。「不要想動。」她說：「我就想找機會扣一下板機，你這隻野獸！外表看起來蠻像樣的。」

我說：「我告訴過你我和那兇殺案毫無關係。事實上，根本不是一件色情謀殺案。」

「你手帕上有口紅。」

「她吻了我。」

「你在臥室幹什麼？」

「和她聊天。」

「她沒穿衣服？」

「是她邀請我進去的。」

「這樣說不通。」

我把嘴湊向咖啡杯，讓自己的手一滑，咖啡倒翻，都倒在她桌巾上。

她的立即反應過份激烈。她像子彈一樣離開椅子。「你笨手笨腳！」她說：「不要讓它浸到桌子了。」

我拿出一塊手帕，無效地試著把髒水從桌布上吸起來。

「不行，不行！」她說：「放桌布下面！快！」

她三步經過房間，當她站到桌子對面時，我把桌布一掀，桌上所有未拿走的都翻向她臉上。

我伸手經過傾側的桌面，捉住她持槍的手腕，扭了一下，把槍拿過來，說道：「不准開口，我們後門走，快！」

她嚇得臉色轉白，紅色的化妝看起來變成橘黃。

「走後面，」我重複，又窮兇極惡加上一句：「你總不要我在你漂亮的脖子上套上一隻襪子吧？這樣死了太可惜了——」

她開始想叫。我把手摀住她嘴。說道：「再出一聲，襪子就會套上你的脖子。走吧，後面走。」

她全身猛烈顫抖。我把手從她嘴上移開，輕拍她的肩頭，說道：「沒有用的寶貝，不要怕，帶我從後面逃走，我不傷害你，我根本不知道姓哈的命案。」

「不要——不要殺我。我——你要我怎樣——都可以。」

「別怕。」我說：「我一生沒有殺過人，但是我要快點離開這裏，我祇好帶著你，免得你跑出去叫阿三來。走吧。」

她帶路，我們從後門安全梯逃出來。腳步走上單一木板的梯子，發出空洞的回音聲。我把手槍藏進上衣口袋。

走了一半，我向她說：「寶貝，你現在可以回去了。我抱歉向你動了粗，但是我沒辦法，我急著離開。真是沒想到那個廣播來得很不巧。」

她說：「你不要——不要我跟你走——不會掐死我？」

我笑出聲來說：「不要再提了。把槍拿回去。」我把槍裏子彈褪下。把槍和子彈交給她：「沒有把子彈裝進去之前，不要開槍。」

我告訴她：「再說你最好不要開槍。女孩子家把自己名字弄上報紙總不是好事。再說艾包伯也不喜歡你在這裏，是嗎？再見了寶貝。」

她猶豫了一下，她的嘴唇扭呀扭的扭出了一個笑容。「再見，」她說：「我想你——很聰明——也是個好人。」

我跑完其他一半樓梯。向後看看，槍仍在她手裏，她並無意思要把子彈裝進去。

第十四章　坐骨神經痛的女人

從羅三繆公寓脫逃出來三十分鐘之後，我又在按許可蘭的門鈴了。

她讓我進去。

我說：「我又回來了。」

「我看得出來。你倒真是進進出出方便得很，是嗎？」

「嗯哼。看了報紙的二次版嗎？」

她搖搖頭。

「有人來看過你嗎？」

她又搖搖頭說：「我一直在修指甲，擦指甲油。」

我說：「好，可蘭，我是在替你工作。現在要你掩護我。」

「你什麼意思？」

我說：「有不少人在找我。我不要他們見到我。我要留在這裏。」

「留多久？」

「留到晚上，至少。也許要留整夜。」

「嘿，你這下真進而不出了。」

「可以這樣說。」

「這裏不能讓你過夜。」

「為什麼？」

「這裏還有別的住客，看到多不像樣。」

我說：「看不到就不會不像樣了。」

她想不出怎樣來回答我。

她走向窗口，站在那裏向外看了一陣，轉臉向我。

「唐諾，」她說：「我知道的。」

「知道什麼？」

「我有聽收音機。」

我移動一下，站在她和門的當中，問道：「你準備怎麼樣？」

她向我走兩步，不慌不忙注視著我說：「你不會做這種事。」

「謝謝。」

「為什麼要躲起來？」

「我要在他們逮到我之前，把這件事解決。假如他們先捉住我，我會進牢，不准保釋。我在牢裏什麼都做不了。」

「假如他們找不到你呢？」

「我也許有機會把事情弄清楚。」

「在這裏你怎麼可能把事情弄清楚呢？」

「我可以想一想，在這裏把事情開一個頭。祇要走對了路線我就可以離開了。在牢裏可不能離開辦事。」

「我可不要早上醒過來，脖子上多了一隻絲襪。」

「絕對不會的。」

她走到我前面。把手放我肩上。「唐諾，請你看著我。」

我看著她眼睛。她說：「告訴我，那——那個女孩，怎麼回事？」

我說：「我在房子附近偵察一下。我發現她在臥室裏。窗子沒有遮起來。落地長窗也沒有關。這是個溫暖的夜晚。她在穿衣服。她見到我。我想她少少的怕了。」

「怕你？」

「她做了件該怕的事。也知道一些不希望我知道的事。」

「她怎麼辦？」

「她使出女人看家本領。我不知道，也許是真心的。然後她叫我到另外一間房坐下來等她。我就照辦。」

「所謂另外一間房，是她妹妹的臥房。」

「是的。」

「為什麼不等警察來自己要逃走？」

「因為警察一來，我就會進監牢，再也不可能自己把案子弄清楚。」

「警察能不能把它弄清楚呢？」

「我不認為有可能。」

「你該明白，你逃走使他們以為你是畏罪逃亡，再怎樣也難洗刷乾淨了。」

「我反正很難洗刷的了。」我告訴她：「我要不能弄清楚本案真兇是誰，反正以色情狂正法是免不了的。他們會死心眼地把一切窩在我身上。有誰會相信另有真兇呢？」

「你認為在外面你可以把事情弄清楚？」

「至少我可以賭一下。而且是唯一的機會。」

「你用什麼方法可以弄清楚呢？」

我走向一張椅子，坐下來。她猶豫了一下，走過來坐在我對面。「我喜歡你。」她說：「我願意冒一個險。不過你要告訴我事實，到底是怎麼回事？」

我說：「我從鄧默斯開始說起。你要我去找出鄧默斯是什麼人。你到辦公室來說了一個好故事要我跟蹤他。這不是個真故事。真正事實是盛蜜妮給你錢要知道他底細。」

「我告訴你的，沒錯。」

「蜜妮怎麼會知道鄧默斯在不斷會見你姨母？」

「這點我不知道。」

我說：「我並不認為鄧默斯會想娶你姨母。」

「娶了他會上當的。」

「我也不認為他想賣什麼股票給她。」

「但是，他一定有一個目的呀。」

我點點頭：「我想鄧默斯是個勒索者。我想鄧默斯在勒索你姨母。現在你幫忙好好想一想，他有什麼可以勒索你姨母的。有她什麼把柄？」

她皺眉道：「勒索？蜜莉阿姨？」

「是的。」

她搖搖頭說：「蜜莉阿姨不會受人勒索。」

「那麼他是『想要』勒索她。」

「她會報警的。」

「我不這樣想。一切症狀表示他握有她什麼把柄。至少他認為他有。」

「我一點概念也沒有，這可能是什麼？」

「你姨母有什麼容易給人話病的嗎?」

「沒有,她的行動不必向任何人解釋。」

「她的過去,有什麼特別的嗎?」

她搖搖頭。

「她死去的丈夫呢?」

「空白一片。她對他沒什麼懷念。他使她厭煩。」

「她從她最後一個丈夫那裏得了點遺產。」

「老實說,唐諾。我不知道。她對自己錢財一向特別守秘。我想她有點錢。我真的不知有多少。假如有錢,多半也是保險金。」

「你姨夫怎樣死的?」

「他是突然死掉的。食物中毒。」

我說:「這也許有苗頭了。」

「唐諾,你說什麼呀?」

我說:「我把想到的說了出來而已。我正在研究可能性。他死了多久了?」

「三年,四年。」

我說:「我想你姨母在被人勒索。她那女傭人用了多久了?」

「蘇珊?」

「是的。」

「好多年吧。」

「你姨父生前蘇珊就和你姨母在一起？」

「喔，是的。」

「蘇珊喜歡你姨父嗎？」

「蘇珊對蜜莉阿姨一向非常忠心的。她們兩個心連心蠻奇怪的。」

「你蜜莉阿姨的婚姻生活不太愉快？」

「我真的能提供的不多。唐諾。我不太去看她。她使我起雞皮疙瘩——就是這樣。」

我祇知道蜜莉阿姨醉心自由。她渴望能有浪漫生活。」

我站起來，從窗口向下望。點上一支菸，在室內走幾步，又走回去坐下。

「為什麼你會認為她在受勒索？」

「因為我想鄧默斯是個勒索者。」

許可蘭說：「但是，我不相信我們有任何方法可以證明這件事。當然——給你一說，我姨父的死，是有一件事很奇怪。發生很突然，但是蜜莉阿姨自己一點他的症狀都沒有。我想起她說過，她有一點不舒服，老實說，當時我一點沒在意。」

我說：「盛蜜妮也在被人勒索。至少已經有人和她接過頭了。我想一定也是鄧默斯。我想盛蜜妮發現了鄧默斯同時也在勒索你姨母。這就是為什麼蜜妮要花錢知道鄧默斯的底細。因為鄧默斯想勒索你姨母，使蜜妮有個藉口讓你來請我們開始工作。」

「你怎麼會想到蜜妮也在受人勒索呢？」

我說：「每一件事的徵候，使我——」

門鈴響了。

我說：「讓它響好了。不要去應它。」

不管下面是什麼人，那個人真固執，不停地按著，一次又一次。

過了一下，我說：「好吧，看看是什麼人。假如是警察，你不能不讓他們進來。你能不能說謊說我不在這裏？」

「像真的一樣。」她說。一面把我拋在菸灰缸裏的菸頭拔起，用小拇指在嘴唇上沾點唇膏塗上菸頭的尾部。

我大笑道：「你一定有這樣被逮住的經驗。」

「什麼經驗？」

「菸灰缸裏有沒有口紅的菸頭。」

「去你的。」她把小嘴噘起。

她走向對講機，懶懶地說：「誰呀？」

柯白莎的聲音自樓下對講機傳來，經過金屬轉變更形聒噪。「我是柯白莎。我一定要馬上見你！」白莎說。

許可蘭疑問地看向我。

我說：「等一下，告訴她你正在——不，算了。讓她上來吧。」

許可蘭把下面大門電鎖打開，一面問我道：「你怎麼辦？避一下？」

我說：「我就躲在你壁床的空間夾縫裏。告訴白莎你沒有見過我。」

「可以。」她說。

我走向遮蔽壁床的假門，打開，擠進去。許可蘭在外面把門一推。我聽到拍答一聲，活動暗扣扣住。

數分鐘後，我聽到白莎的聲音：「哈囉，許小姐。」

「喔，柯太太。哪陣風把你吹來了？」

「我們在替你辦一件案子，你不記得啦？」

「當然，當然。請進，請坐。」我聽到白莎一百六十五磅體重進來的時候，地板的抱怨聲，然後她重重地落在椅中的聲音響出，她說：「你的支票跳票了。好人。」

「你什麼意思？」

「你給我們的兩百元支票，跳票了。可惡！我叫賴唐諾告訴你，還以為會在這裏找到他的。」

「為什麼？支票是好的。我銀行裏有錢。」

「就是銀行裏說你沒錢了。銀行說你有張外州的支票，以為是收得到的，但是沒有收到。」

「嘿，真妙。那張支票和現鈔一樣硬朗呀。」

「是誰的支票？」

「我恐怕不能告訴你，柯太太。但是，我願意和你一起去銀行跑一趟。」

我看不到許小姐表情，但是她的音調平靜無缺點。她是個好演員。想到她鎮靜地把口紅塗到菸尾上去，真不知她在欺騙人的技藝上，有多少的經驗。

「我們祇要你支票可以兌現。」白莎說。

「但是這支票一定可以兌現的。柯太太。」

「銀行說不行。」

「我有空會和銀行談談。」

「我不管你怎麼說，今天要是你不給我兩百元現鈔把這張支票換回去，我就不離開這個地方。」

「要是——要是那個給我支票的人——他的支票——不能兌現。我就自己——暫時周轉不靈了。」

「你要不把我這個漏洞補起，我會使你更多地方不靈光的。」柯白莎說。

「但是，柯太太，你得原諒，我沒有錢呀。」

「去你的沒有。」

「你什麼意思？」可蘭問。

「你別裝傻。」白莎說：「告訴你男朋友，你——」

「我沒有男朋友。」

「隨便去找一個。」

「我——我。你——你——」

「別我我你你的，今天沒見過賴唐諾嗎？」

「沒有。」

「老天！」白莎說：「真是一團糟。全市的警察都在找他，說他是色情狂殺手。這個混蛋！」

「色情狂？殺人！」許可蘭叫道。

「沒錯，一個女的，裸體，被自己的絲襪勒死在床上。」

「為什麼，賴先生我看來不是那種人。不相信，我想絕不是他幹的。」

「嘿，也不見得。」白莎不經大腦地說：「我可是一直非常喜歡他的，但是他也許真有點毛病。女人看見他都願意投懷送抱的，但是他不太越規。再想一想，他以往的表現，我也有點不能確信了。」

「柯太太！你怎麼能這樣說你的合夥人？」

「鬼才知道為什麼。」白莎說：「我祇是說說而已。」

「你們兩位時常一起辦很多案子嗎？」

「當然。」

「那麼，從他平時行為你就會知道他是不是色情狂。」

「知道什麼？」白莎說：「我們是生意合夥，我又不陪他睡覺。」

「我又不是這個意思。」許可蘭說。

「我不過想叫你少管閒事。」白莎說：「我知道你就是喜歡東問西問。你說你今天沒見到過他？」

「沒有——你今天去辦公室了嗎？柯太太。」

「好幾次。」白莎說：「我有件事去過聖羅布。我在車上聽廣播聽到唐諾的事。我回到辦公室，每個人都聽到了。辦公室小姐個個不要活了。」

「什麼小姐？」

「那些秘書，辦公小姐。」白莎說：「他的私人秘書卜愛茜更是瘋了，臉都白了，在憎恨警方不該發佈這種消息。她說她肯買好一打絲襪，隨時隨地關了燈和他兩人單獨在一起。」

許可蘭趁機想幫我脫一點罪。她說：「人言可畏，事實不一定如此。昨天他到我這裏來，不巧正好我沒有穿多少東西，根本沒準備有人來訪。」

門鈴又尖銳，不停的響了起來。許可蘭走向對講機。我聽到她說：「什麼人？」

然後是長時的沒有聲音。

「幹什麼？」白莎說：「到底什麼人？你白得像張紙。」

「一個姓宓的男人，」她說：「宓善樓警官，總局的。」

「那是善樓，」白莎說：「他是個好蛋，他是兇殺組的人。奇怪，他來幹什麼？」

我沒有動。過不多久，宓善樓有信心，缺乏禮貌的敲門聲，在門上響起。可蘭走去把房門打開。

宓善樓的聲音說：「你是許可蘭？」

「是的。」

「哈囉，善樓。」白莎說。

「哈——囉，白莎！」宓善樓提高聲音：「我自己也不高興跟了你跑，但是這是公事，你知道。」

「我不怪你，善樓。」白莎說：「假如我聽到收音機所說是真的話，那小王八蛋死有餘辜。可能這一直是他的毛病。腦子發達太過的關係。他一直不把心裏的事告訴別人，就這害了他。」

「對女人的反應是不是老不正常？」宓善樓問。

「我怎麼會知道？」白莎不客氣地問：「女人一個個自動送上門，要愛上他——看看他那個秘書，她就死心塌地愛上他。賴唐諾對她，好像是自己的妹妹。那秘書祇要看到他進來，眼睛亮得像車頭燈。到東到西照著他。唐諾就好像沒有看見。不過他對她關心、照顧。慷他人之慨要我和他平均分攤給她加薪，或者使她工作減輕。」

「標準症狀。」宓善樓以業餘精神病專家姿態做最終結論：「老實說，我早就應該想到會有這天的。」

「你們在說什麼呀！能告訴我嗎？」許可蘭問道。

「她的合夥人，賴唐諾，」宓善樓說：「他是個兇手——一個色情兇手。你對他知道多少？」

「怎麼啦？我見過他呀。」許可蘭說。

突然，宓善樓一本正經說：「好了，戲都演過了。他在哪裏？」

「什麼意思？」

「你們知道我什麼意思，」宓善樓說：「你們兩個把他藏在哪裏？」

「你說什麼？」許可蘭憤慨地說。

「別裝了。」宓善樓說：「我知道事情一爆發出來，唐諾這小子不會笨到再去辦公室的。他會溜到一個誰都想不到的地方，打電話給白莎，由白莎來看他。所以我祇要看住白莎。白莎來這裏，我跟了來。她難得出動，這次出動除了看唐諾，還有什麼？賴唐諾這小子假如現在不在這裏，就是馬上會來這裏。」

白莎說：「善樓，你是個大笨蛋。我沒見到唐諾，我也根本不知道這小渾蛋哪裏去了。」

「你騙不過我的。」宓善樓答道：「你也許相信他是兇手，也許不相信。但是你們是生意合夥人。你在他被關起來之前，一定要和他把這件案子講講清楚，他辦到什麼程度了，你是最重視金錢的，我知道。」

白莎說：「主意倒是不錯的，要是我知道哪裏找得到他，我會約他見個面的。我到這裏來，是因為這位小女士給了我一張兩百元的支票，跳票了。」

「沒有關係，」宓善樓說：「反正我到處看看沒關係。」

「儘管看，」白莎說：「我也來幫你看。我還跟你打個賭，賭你找不到他，因為他根本不在這裏。」

「賭什麼？」宓善樓問。

「五十元錢。」白莎快快地說：「來，我們用手蓋個印。」

我想像得出這一下使善樓猶豫了。他躊躇了足足半分鐘，然後說：「我不和你打賭。不過我還是要在這裏找一找。」

「我不准你搜索我的公寓。」許可蘭說。

「喔！喔！」宓善樓說：「有點名堂了。」

「不管名堂不名堂，」可蘭說：「你沒有搜索狀，就是不可以搜索我的公寓。我怎麼知道你是警官？」

「白莎知道我是洛杉磯總局警官。」宓善樓說：「你為什麼反對我看看你公寓，妹子？」

「因為這是我的地方。我不喜歡警察想來的時候，自己就大模大樣來了。」

「還打不打賭了？」宓善樓問白莎。

有一段很長時間沒有聲音。然後白莎沒把握地說：「我和你賭十元錢。」

「二十五元怎麼樣？」

「不可以，十元，最多了。」白莎說。

「你是減少了四十元的信心？」

「你好像大大增加了信心？」白莎說。

「好，」宓善樓說：「我就賭你十元錢。妹子，你給我讓開路。這門後是什麼東西。」

我聽到許可蘭和宓善樓無用地掙扎。宓善樓的哈哈大笑聲。

「你渾蛋，你不能這樣。」可蘭叫著：「你——」

「讓開，妹子，讓開。」宓善樓說。

彈簧球珠拉開。兩扇門大大打開。

「你看，你看。」宓善樓說：「大老鼠一隻。出來吧，賴。」

我從壁櫃裏出來。

白莎跳起來，兩眼充滿怒火。「你這個狗娘養的，」她大叫道：「你害我輸掉十元錢！」

宓善樓把頭向後一仰。大大笑出聲來。「很妙。」他說：「真是妙極了。」

「你，你這個不知感恩的小——」白莎過份激動，自己哽住說不出話來。

可蘭無助地看向我。

我說：「可蘭，真對不起。我非常抱歉，我上樓來的時候，你可能出去打電話或是做什麼事情。門沒有鎖。我自己進來等你回來。然後門鈴響了，我不知道是什麼人來了。所以我自作主張躲一躲再說。」

宓善樓說：「你一定是比白莎早到一點點囉。」

「是的。」我說。

宓善樓不再露笑容，走向壁床前面。說道：「做給我看看，賴。你進到裏面去之後，怎麼樣可以自己把門拉上的？」

我知道，馬腳露出來，收不回去了。門的內面並沒有把手。

宓善樓牙齒露出。「服氣了嗎？」他說：「把兩隻手伸出來，唐諾。」

「等一下，善樓。我把實況——」

「兩隻手伸出來。」他說，語調突然變成殘酷的公事化。我很熟悉他這種語調。我見過他眼中這種閃光。

我把兩隻手伸出來，宓善樓把手銬銬上，他又把我全身搜過，確定沒有武器在身上。他說：「好了，現在坐下來。假如你有什麼話想說，你就說好了。你已經被捕了。你的罪名是謀殺哈雪儷。任何你說的，都可以用來對你不利。現在，你想要說什麼都可以，你說吧。」

我說：「我沒有殺她。」

「喔，我知道，你走進去，發現她死在床上，你把她口紅塗在自己嘴上，走到另外一位小姐閨房，在那裏看小說等她回來。我一直認為你有點怪癖，但是真的沒有想到，你會這樣怪。」

「善樓，這件事能不能從一開頭，我們來聊一聊。」

「喔，老套又來了。」宓善樓說：「好吧，你儘量說，聽不聽在我，而且要越簡短越好。」

我說：「我現在是在被捕狀況。任何我說的，在法庭上都可能用來對付我。現在，請你給我一次通融，把你自己是警察這件事忘記，聽聽我的，沒有偏見地聽，然後再決定要不要帶我回局裏去。」

「現在的時間是你的。」宓善樓說：「我告訴過你，你儘管說。」

我說：「我們先把時光倒退，善樓。哈雪儷疼愛她的妹妹哈芍靈。哈芍靈熱愛著盛丹偉。盛丹偉的太太也許有點花邊新聞。至少哈雪儷認為她有。哈雪儷要把盛家的婚姻拆散。」

「這些是什麼人告訴你的？」宓善樓問。

「雪儷。」

「什麼時候。」

「她死亡之前不久。」

宓善樓眼睛閃得晶亮：「你承認在她死前，你在她臥室裏？」

我把眼光對著他，說道：「是的。」

「唐諾，你為什麼要殺死她？是不是色情狂發作？」

「別亂講，」我說：「第一，我沒有殺她。第二，這件事根本不是色情謀殺案。有人殺她滅口。」

「滅什麼口？」

「這正是我想要提請你注意，也是我想要找出來的。」

「好，你說下去。」宓善樓說，轉過臉對著許可蘭說：「許小姐，剛才他說她死亡前不久，他在她臥房裏，你也是聽到的。沒錯吧。」

許可蘭，白著臉，點點頭。

我說下去：「再說哈雪儷。她一直在跟蹤盛蜜妮。偏偏盛蜜妮這次來，不是來玩的。」

「盛蜜妮不是來玩的？」宓善樓說：「我懂了。她和傅東佛兩個人一起去汽車旅館是教他怎樣玩『捉蝨子』的。為了免得把袖子弄髒了，所以把上衣也脫了。」

我說：「盛蜜妮另有所圖，她到這裏來，交了一張五百元的支票，給這位許小姐，要她專誠找柯白莎去找出一位經常拜訪許小姐姨母的那位先生的背景。」

宓善樓轉頭看向許可蘭。

她點點頭。

宓善樓現在發生興趣了。他說道：「說下去，賴，為什麼？」

我說：「我接手這件案子，我跟了那個人去溫契斯特大旅社。他住在那裏，登記的名字是鄧默斯——你倒想想看，盛蜜妮為什麼要叫我跟蹤他？」

「我怎麼會知道。」宓善樓說。

我說：「哈雪儷和我去了那家汽車旅館，她打開皮包，拿出一包香菸，一包火柴。兩件東西都忘了帶走。火柴是卡巴尼塔夜總會的廣告品。」

「又如何？」宓善樓說。

我繼續說：「她拿出香菸來的時候，她顯然已經忘了，她曾把香菸包拿來藏匿過一張很重要的紙。那是張從卡巴尼塔菜單上撕來的紙，在紙上寫著『安樂窩汽車旅館』。」

「安樂窩是哈雪儷牽著你鼻子去的？」

「是的。」

「就是傅東佛和盛蜜妮自殺的地方？」

「是他們兩個被謀殺的地方。」我糾正道。

宓善樓說：「喔，越扯越遠，是嗎？你說他們是被謀殺的。但是門是裏面鎖的。另一件你喜歡的密室謀殺案。」

「是的。」

「說下去。」宓善樓說：「你能說服我的話，說不定我們可以用兩件謀殺案的名義來收押你。」

我說：「門是從裏面鎖的沒有錯。但是誰知它是什麼時候鎖的呢？」

「什麼意思？」

我說：「槍曾經響過好多次。」

「是的。一槍在箱子上，一槍在傅東佛身上，另一槍在盛蜜妮身上。」

「那是四槍。」

「四槍？」宓善樓說：「你笨蛋，三槍。」

「四槍。」

宓善樓說：「你到底搞什麼？攪局？還是和我強辯？」

「傅東佛的槍少了幾顆子彈？」

「三顆。」

「槍裏祇留下二顆沒發射。你知道的。」

「很多人第一發不裝子彈，加多一層保險。他本來槍裏經常祇裝上五顆子彈。」

「這樣說來，槍被發現時，轉輪裏一格是空的，三格是祇有彈殼，二格是實彈的。」

「真是如此。」

「一起發射了四槍。」我說。

宓善樓看看我，漸漸自眼底浮出一點佩服的味道。「賴，你可能是對的。」他說：「對這件事，你知道什麼？」

「我祇是把知道的事加在一起。」

「加出四槍來？」宓善樓對他自己的笑話，笑出聲來。

「加出四槍來。」我告訴他：「假如傅東佛殺人自殺，他怎麼會再對箱子開一槍？」

「他可能第一槍打向女人，但打偏了。」

「箱子是在地上的。女人那麼近。但是打得那麼偏？」

「當然，」宓善樓辯說：「女的可能正彎身向著箱子，想要放些東西進去。他突然決定給她個驚訝。」

「好，」我說：「她蹲身向著地上的箱子，想要打開箱子。傅東佛在她身後開槍，給她一個驚訝，槍打偏了。她怎麼反應？」

「當然，她會跳將起來。」

「把臉轉向他？」我說。

「又如何？」

「那麼第二槍應該是對著她前額。」

「那倒未必。她轉向他，發現他想幹什麼，轉身脫逃。」

「於是他一槍打進她後腦。」

「是的。」

「換句話說，她背著他，完全無防情況下，他對她開一槍，沒有打中。但是，她開始逃了，一槍，就打中紅心。」

宓善樓伸手抓抓頭皮：「當然，我們不知道當時情況，一切都是大家在猜想而已。」

「這樣猜想不太容易和事實對得起來。」我說：「我來告訴你發生了什麼情況了。

「那房子裏有三個人，三下槍聲。第三個人知道早晚有人要查三顆子彈來龍去脈。他不能使現場出現無可解釋的情況。他拿了槍，也拿了箱子。他把這兩件東西拿到遠離現場，找個別人聽不到的地方。他向箱子開一槍。又把箱子帶回現場，把箱子放下，把槍放在傅東佛手裏，把門自裏面鎖上，從窗裏爬出來。」

「我不懂你，」宓善樓說：「有什麼不能解釋的，那第三個人為什麼要那麼麻煩來來去去？」

「因為房間裏一定要有三顆子彈，沒三顆子彈怎麼解釋得通。」我說。

「但是，照你這樣說，應該變出四顆子彈出來了。」

「本是如此。」

「但是這個人為什麼要弄一顆第四子彈出來呢？」

「因為，」我說：「前三顆子彈中，有一顆在他身上。」

宓善樓看看我，一眨也不眨，足足四五秒鐘。他說：「是一個很好的推理。祇是個推理而已。不過是一個很好的推理。」

我說：「善樓，這真的不只是個推理。你發現屍體的時候，女人的衣服都在哪裏？」

「除了身上的，其他都在箱子裏。」

我說：「這就對了。完全吻合我的推理了。一個到汽車旅館幽會一個晚上的女人，不會把上衣脫下來隨便一團，塞進箱子裏去的。槍聲響時，那衣箱是開著平放的。那上衣是在箱旁椅子上。那兇手事後慌了手腳，抓過上衣亂七八糟塞在衣箱裏，把箱子蓋上。」

「你好像知道不少。」宓善樓說。過了一下，又一本正經地說：「你是該知道的。你也在那裏，你是登記住進去的。」

我不吭聲，宓善樓仔細想了又想。突然他說：「嘿！有點意思。我要今天在場的人都給我做證明，證明這傢伙說些了什麼話。假如那是一件謀殺案，一定是唐諾，他幹的。」

「當然不是我幹的，」我說：「因為我身上沒有帶第三顆子彈。」

我又說：「看看那張現場內部照片——有屍體在裏面那張。再看看浴室毛巾架上毛巾。」

「怎麼樣？」

「兩塊洗臉毛巾，」我說：「祇有一塊洗澡大毛巾。」

「怎麼樣？」

「本來當然是各有兩塊的。另外一塊大毛巾哪裏去了？」

「我怎麼知道？」宓善樓說：「我們又不替旅館管毛巾。」

我說：「那個兇手受傷了，他拿塊毛巾包住使血液不會流出來。也許出血本不嚴重，但毛巾就是這樣帶走的。」

宓善樓說：「玄得很，很玄，很玄。」

「是很玄，但值得調查一下，是嗎？」

「你說對，」白莎叫道：「這當然值得大大調查一下。想想著這對保險公司有多大差別，善樓。」

「怎麼說？」宓善樓問。

「受保後一年內自殺，保險公司分文不賠。」白莎貪婪地指出道：「不是自殺死亡，他們賠四萬元。因意外原因而死亡，他們加倍給付，那是八萬元。」

宓警官吹了一下口哨。

白莎說：「我們在做——我是說，這裏面有我一份。」

「說下去，」宓善樓對我說：「賴，說下去。」

我說：「這根本不是什麼兩情相悅的幽會。盛蜜妮在受人勒索。勒索的人要一票大的，超出了蜜妮的能力。假如付不出，他又恐嚇把證據交給她丈夫。」

「假如她正在受勒索，這情況是有可能的。」宓善樓承認。

我說：「她無計可施，她想了個辦法。她向以前她的僱主，也許曾對她不錯過的傅東佛求救。反正她向他求救，他們研究出一個對策，由傅東佛假裝她丈夫盛丹偉。勒索者沒見過傅東佛——更沒見過科羅拉多的盛丹偉。傅東佛假裝她丈夫對勒索者說：『又如何？我太太喜歡玩。但是我原諒她了。』他們當了勒索者面親親熱熱，叫勒索者滾遠遠的。」

「有可能。」宓善樓說：「但是永遠沒法證明了。」

我說：「沒有這些，我總有辦法證明的。」我把兩隻手向前一伸，給他看手上的手銬。

「這沒有辦法。」宓善樓說：「你是另外一件謀殺案的主兇。」

「我沒有殺她。」

「那你為什麼要逃跑，我的老兄。你知道逃跑本身就是有罪的。你以為跑了可以一了百了。你沒想到見到你的人指證鑿鑿。當然全虧我想起那哈雪儷的身材，外形正好和你先一天帶去汽車旅館那個女人很像。我走了一次汽——」

「我知道了。」我說：「收音機裏都有了。」

宓善樓生氣地說：「我又檢查那本小說書。包皮紙上全是你的指紋。」

「當然，」我說：「我是在那裏，書是我在看。」

「這是他第二次承認他在現場，」宓善樓說：「柯白莎，許可蘭，請你們兩位記住。」

我說：「不管勒索的人手裏有什麼，從我查到的看來，相信起源都是來自卡巴尼塔夜總會。你知道，這種地方是非多。逢場作戲的人進進出出。有心的人放開眼睛看看一對一對，事後打聽一下兩個人的背景，就可以選擇勒索的對象了。全世界每一家這種地方，都是勒索者最喜歡出入的地方。或者我換一種說法，全世界靠勒索為生的人都喜歡在那種地方照相、錄音，查看汽車牌照號碼。不過大多數這種勒索都是獨腳戲，和夜總會沒有相干。但是這個卡巴尼塔不一樣。鄧默斯是一定混在裏面的。包下卡巴尼塔營業的艾包伯知道鄧默斯幹什麼的和在哪裏可以找到他。

「鄧默斯住在溫契斯特大旅社裏。星期六的兇殺案發生後，他立即遷出。那個時候我以為他是因為發現了有人在跟蹤他。我現在知道，他是因為知道出了槍殺案。我很想能找到他，看看他身上什麼地方有顆子彈嵌在肉裏。」

宓善樓說：「可以，我記住這一點，有機會查一下。」

我說：「昨天晚上，我到卡巴尼塔走走。我開始買了幾張那邊照的照片。有人不高興。他們想好好揍我一頓。我險險的逃掉一劫。我得到張照片和一個地址。地址是昨晚被殺淺色髮膚的女郎的。我到那邊去查，查查那邊會有什麼特別的。我發現有人跟我去那裏，或是有人知道我一定會去。」

「這是你一面之詞。」宓善樓說。

「但這也是我求你幫忙查的一件事。否則我就死路一條了。我相信鄧默斯也在勒索許小姐的姨母。在她還沒有想到更好的理由之前，我建議你帶我一起去和她談談。我想勒索她的鄧默斯現在祇好用電話和她聯絡了。他最近不可能跑來跑去，他身上不知什麼地方應該有顆點三二槍彈在裏面。善樓，你帶我回局的時候，我們去看看蜜莉姨母一下，不會耽誤太多的。」

「不行。我會被革職的。」宓善樓說：「你以為我是小孩子。聽了你一頓亂扯，跑到別人有錢姨母那裏，硬說她被人勒索了？」

我說：「我又不要你去做這件事。你做也不方便。你陪我去，你坐在那裏聽，由我來問。」

宓善樓想了一下，搖搖頭說：「不行。我們直接去總局。」

「過了這個寶貴的時間，一切都會太晚，你什麼證據都找不到了。」

「我已經捉到了一個謀殺犯。」宓善樓很自滿地說：「對我來說，今天的成績已經不錯了。走吧。」

白莎說：「看在我面上，善樓，算是幫我的忙。你把我的合夥事業打破了。又把我的事業宣傳了一大堆，這些都會使我損失匪淺。我目前辦的案子，牽涉到八萬大洋。假如唐諾說的沒有錯，我可以從保險公司足足弄一批來貼補貼補。」

宓善樓猶豫一下，最後對白莎說：「這小子花樣太多，你要幫他騙了我，我——」

「白莎什麼時候欺騙過你，你說。」白莎宣稱道。

宓善樓瞇起兩隻眼睛，看著我說：「不是為了你，白莎。實在是為這小子。你永遠不知道這小子下一步要幹什麼。」

我把銬上手銬的手伸出來，自嘲地說：「這樣子像要得出花樣嗎？」

白莎說：「我們可以算你一份，假如我們——」

「別傻了，白莎。」我打斷她說：「善樓絕不是為了錢。」

宓善樓感激地看我一眼。

我說：「你有一個機會，可以偵破『安樂窩命案』。你有個機會可以在帽子上插一根羽毛。你有個機會可以偵破本市一個勒索集團，你也有機會使大眾知道哈雪儷到底是什麼人殺的。為什麼殺她的。」

「很多人都看得出，此時此地我已經對這問題有了結論了。」宓善樓說。但是他語調並不如剛才那麼堅硬。

「善樓。」我說：「在聖羅布有個寡婦，帶了兩個孩子。這些孩子還要活下去。還要受教育。這年頭教養孩子很花錢的。那寡婦現在除了一身分期的債之外，什麼也沒有。假如你聽我的，她會拿到八萬元的——」

「你是個推銷員。」宓善樓說：「你打動了我的心，走吧！」

我們大家站起來。我說：「手銬怎麼辦？」

「不必管它。」宓善樓說：「讓它掛在手上好了。又不影響你說話。把大拇指扣在皮褲帶上會自然點。」

「你暫時拿掉它，我會自然多多。」

「對我就不自然了。」

「你的缺點就是太正點地想做警察。走吧。」我說。

我們一串進入電梯，後來又全擠入宓善樓的警車。

「什麼地址？」善樓問。

「克倫德街，二二六號。」許可蘭說。

宓善樓把車開上馬路，加速。

我說：「我們最好不要用警笛。」

宓善樓向我看看，表示我在多嘴。專心回到駕駛工作。

接近我們要去的地址時，他把車速減為三十哩。慢慢在正確的地方把車停妥。

我們紛紛自車中出來，又一連串走上階梯，由宓善樓按門鈴。

歐蘇珊，那大個子女傭人，自走道上慢慢地過來。她把門打開。一下她看到宓善樓，有一點退卻的樣子。立即她把臉上表情凍住，冷冷站在那裏。

「哈囉，蘇珊。」許可蘭出聲：「蜜莉阿姨在嗎？」

女傭人猶豫著。

宓善樓把衣領一翻，給她看看警章。「她在嗎？」他說。

「在。」

「來吧。」宓善樓把蘇珊往邊上一推，一面進去，一面說。

蘇珊敢怒不敢言，呆在門邊，看我們向前走。就在我們快到起居室的門口時，她的責任感提起她的勇氣，她大聲叫道：「喔，齊太太！可蘭帶了幾個警察來看你。」

宓善樓，左手抓住我的手臂，右手把起居室的門一下推開，我們又魚貫走了進去。

齊蜜莉從輪椅上抬起頭來，看看我們，做出一個非常美好的笑顏。「你們大家好。」她說：「都請坐。哈囉，可蘭親愛的。今天好嗎？」

「很好，謝謝你，蜜莉阿姨。」

「可蘭，因為我不能站起來，今天這裏要由你當女主人了。車禍引起的坐骨神經痛，真討厭。我要能使它不痛就謝天謝地了。我吃阿司匹靈，把胃也吃壞了。大家坐。要是我看起來不起勁，你們得原諒，我吃藥太多了。」

她眼皮慢慢垂下，然後她突然警覺，一下又睜太大。

我們各人自己找合適的位置坐下。她看到我手上的手銬。「怎麼啦！賴先生。」

女傭蘇珊，在門框邊接下去說：「夫人，我在收音機聽到廣播。我不應多嘴，但是他是昨天晚上殺掉哈雪儷的兇手。你今天早上報上看到過的，用絲襪勒死的。」她說：「你為什麼——為什麼——」

「賴唐諾會殺人？」齊蜜莉喊道：「為什麼，我一直認為他人那麼好。你們——又為什麼——把他帶到——？」

「為了這件案子還有一兩個地方我們想弄弄清楚。」宓善樓抱歉地說。

「我不要這個人到我家來。我不要看到他。我在報上已看清楚了。多怕人，多噁心，我——我抱歉，我不要——」

「祇是一兩個小問題，蜜莉阿姨。」可蘭說：「警方祇是要問清楚一兩件事。你要是肯快快回答他們，他們就走。」

「我根本不要這些人在這裏。」齊蜜莉說：「你想我會有什麼他們要的答案？我祇見過這位年輕人一次。而且——」

宓警官不耐地說：「我們想知道一個姓鄧的男人。」

「他又怎麼啦。」齊蜜莉不高興地說。

「我們認為姓鄧的，可能和這位賴唐諾有什麼關聯。」

「當然不可能。」齊蜜莉說：「鄧先生是一位規規矩矩的年輕人。」

「你最後一次什麼時候見到他？」我問道。

她怒向我道：「我當然不必回答你的問題。」

我說：「我問這句話的理由是，因為我知道他和安樂窩汽車旅館的事有關聯。」

她把下巴向前一翹，理也不理我。

「而且，」我繼續說：「我相信他是個勒索者。」

「勒索者！」她嘆嗤地說。

「他一直在勒索著你，是嗎？」我問。

她不睬我。

「是不是？有沒有？」宓善樓追一句問。

「我看我沒有理由回答這個世界上最無恥的兇手的問題。這個年輕人卑鄙到假裝是個作家，要寫保險公司欺騙客戶的文章。要幫我打抱不平。老天！還好我沒有躺在地上，脖子裏掛隻襪子。」

我問：「姓鄧的是不是在勒索你？」

她不理我。

「是不是？」宓善樓問。

「我不知道這個問題從何而來。」

我說：「假如他不是在勒索你，他來幹什麼？我們不必兜圈子。是或者不是，老實回答。他來幹什麼？」

她說：「我們有一點事情要討論。」

「什麼事情？」我問。

「一個礦。」她說。

「什麼性質的礦？」

「鉛礦。」

「座落在哪裏？」

「科羅拉多。」

「你能確定是個鉛礦嗎？」我問，裝出一付勝利的微笑。

這個微笑使她猶豫了。她認為我們擺好陷阱，她走了進去。「當然，」她說：「礦裏有鉛和金子混在一起。」

「你認為哪一種會使你賺錢，鉛，還是金子？」

「我不知道，我對這種事知識不多。也沒去研究。」

「那麼，你並沒有想投資？」

「不想。」

「那你為什麼不斷接見鄧默斯？他為什麼老來？他——」

「你沒有權到我的家來詰問我。」她說：「警官，這件事你們過份了。我會請我律師查一查，是不是該由你負責。」

宓善樓不安地移動了一下。

她轉向我。「你祇是隻畜牲！」她說，又轉身向宓善樓，全身顫慄地說：「一個像這樣漂亮的女孩，用手捧著他的臉，把他拉近她，吻他。而他竟能在這時候——」

「等一下！」我說：「你怎麼知道她用手捧著我的臉，把我拉近她，吻我？」

「收音機上都說了。」

「沒有，收音機沒有說。報上也沒有這一段。你是怎麼知道的？」

我把身體坐到椅子的前半部，注意她臉上的變化。

她糊塗了。「我不知道。」她說：「我告訴過你們我吃了那麼多藥品。我——」

「我告訴你的。」蘇珊說：「是我在收音機上聽到的。」

「你又是怎樣會在收音機上聽到的呢？」我說：「那個報新聞的躲在哪裏？他怎樣會知道那女人怎樣吻我？」

「我認為是警方說出來的推理。我不知道，也許他們另有證人。」

「沒錯。」齊蜜莉說：「想起來了，蘇珊告訴我的。」

我向椅子後面一靠，鬆口氣道：「原來如此，我一直就笨得要命。」

「什麼原來如此？」宓善樓惱火地說：「說起笨得要命，我才笨得要命。是我聽你鬼扯，把你帶來這裏。」

我說：「你還不明白呀？」

「明白什麼？」

我說：「姓鄧的是個勒索者，沒有錯。但是他不是主腦。他也不在勒索這位太太。你去找個大夫來，檢查一下這太太車禍引起的坐骨神經痛。那不是病。是點三二口徑子彈引起的外傷！」

齊蜜莉大叫道：「把這個人給我趕出去！警官，我要你把他趕出去！」

「不要忙。」我對宓善樓說：「弄個大夫來。」

宓善樓躊躇了一陣，他說：「賴，你瘋了。這樣亂咬沒有用。你在病急亂投醫。不會有用的。」

「別做傻瓜。」我告訴他：「你也該看清楚了。突然發生坐骨神經痛。那是因為安樂窩汽車旅館第一發子彈，打進了她的大腿。」

「警官。」齊蜜莉滿臉激憤地說：「我命令你們這些人統統給我離開我的地方。我已經給你們污衊、騷擾。我要告你執法錯誤。我要請我律師一條條把你不對的地方列出來告你。蘇珊，請你打電話給我律師，叫他馬上來。再打電話警察總局，問一問他們看沒有派這樣一個——」

「我非常抱歉。」宓善樓向她說。

他走過來，一把抓住我上裝後領，向上一提，使我站了起來。「走吧，賴，你又一次胡扯害我空跑了一趟。不過，不過這完全是看白莎的佛面的。」

他抓住我後領，轉了四份之一圈的弧度以便我面對出去的房門。他轉得太快，我失去平衡，自動的伸手支持，鋼製的手銬卡得兩手發麻。

宓善樓向齊蜜莉說：「我希望你原諒這件事，齊夫人。我們替老百姓服務，祇是希望把工作都做得完美。這傢伙在入牢之前，騙了我們一下。」

「蘇珊，替他們開門。」齊蜜莉發著命令。

女傭走向走道，在前面領路。

我轉向白莎。說道：「你笨蛋。你也看不出發生了什麼嗎？你——」

宓善樓一記耳光打在我臉上。「閉嘴。」他說。

他帶著我向走道走去。許可蘭在哭。

白莎笨拙地走在最後。蘇珊已經把前門打開，勝利地用手扶著，等我們出去。

我把頭回過去，向白莎祈求道：「白莎！」

宓善樓用另一隻手按住我頭轉過來，用力太猛，差點折了我脖子。

就在這一剎那，自我的眼角，我看到白莎停步，轉了回去。

我們快到門口的時候，聽到起居室裏驚叫的聲音響起。跟下來是一張椅子倒翻的聲音，掙扎的聲音，另一聲驚叫的聲音，然後是齊蜜莉大叫救命聲。

柯白莎的聲音說：「不准再動了！你渾蛋還想騙人？再動我把你頭頸扭斷——善樓，快回來。」

宓警官不相信地猶豫一下，將我轉一百八十度，把我推在前面，跑向起居室。

輪椅已經滑到房間的一側，而且已經翻倒。染有血漬的繃帶，自傷口解下來拋置地上。齊蜜莉趴在地上。白莎鎮靜地坐在她肩背上，一隻手反抓著蜜莉的腿，有如一把鐵鉗。

齊蜜莉用另一條腿在猛踢，大聲喊叫救命。

宓善樓大喊道：「白莎，不可以，你不可以——」

「屁個不可以，」白莎倔強地說：「做都已經做了。你看這一個槍彈孔。」

宓善樓抓住白莎肩頭。「讓她起來，白莎。你這樣不妥。」

白莎說：「我告訴你了。我已經做也做過了。」

宓善樓在白莎肩上用了點力氣，想把她拉起來。

白莎把他一推，宓善樓沒想到這一招，一下失去了平衡。原地扭了大半圈希望站住腳步。

在房門口，女傭蘇珊，手裏拿了一支藍鋼轉輪，冷靜地站著，陰毒地說：「手舉起來，每一個人。」

她殘忍、詭異的聲音，好像給每個人心中插了一把刀。

「警官，也包括你在內。」她說：「先把胖子弄起來！」

宓善樓轉動非常快速。蘇珊扣動槍機。房間裏驚人的一聲大響，宓善樓面露完全出乎意外的表情，一時呆在那裏。血自打裂的右手上流到地上。

殘酷的現實告訴大家，蘇珊是在玩真的。

齊蜜莉掙扎地自地上爬起。

宓善樓試著用左手去拿他自己的槍，但是沒有成功。

「我們走，蜜莉。」蘇珊說。

蜜莉一蹶一蹶，一隻腳跛著，每一步疼痛萬分，跑過去。

柯白莎十分笨拙地爬起來，咬緊牙根，像輛坦克車一樣向走道走去。

蘇珊在前門口停步，轉身，把槍指向走道。

我伸出一隻腳把白莎跘倒。她推金倒玉地跌下來，全屋都在震動。蘇珊的槍第二次響起，子彈自空氣中發出聲音飛過。要是我不把白莎拌倒，子彈正好對她穿胸而過。

前門「砰」地打開。

門外汽車引擎發動。

宓善樓向白莎大叫：「把槍給我從右面拿出來，放我左手裏。」

許可蘭照他的意思替他辦好。宓善樓左手拿著槍，快步跑向開直著的前門。

他正好來得及看到他的警車尾部在街角轉彎消失。

他站在那裏發呆、惱怒、詛咒。突然轉向我說：「這一切都要你負責。我會被別人糗死——」

「閉嘴，把我手銬打開，趕快打電話廣播。你馬上要陞官了，自己還不知道。」

第十五章　安樂窩命案真相

宓善樓怒氣沖天瞪我一眼，窘態地拿出一塊手帕，紮在右手上，一面包紮，一面作止血之用。

「你看，這是聽信你亂扯的結果。」他不講理地說。

「什麼結果？」

「被一個女人開一槍，用我的警車跑掉。會被同事糗一年也不止。」

我向白莎做個眼色，說道：「白莎，看看浴室裏有沒有大毛巾，洗澡用的大毛巾。」

「我還可以，」宓善樓：「我自己會照顧自己。白莎，打電話叫輛計程車。其他先別談。我們要去總局。老天！現在全總局都會笑死。被女人開一槍，嘿！」

我說：「白莎，找一塊洗澡用大毛巾，毛巾！」

「大毛巾？」她說：「我看不必了。他已經處理得不錯了。血也不流了。等以後——」

我說：「唉！一定要我說得一清二楚，我就說吧。找找看，這裏有沒有一塊印著安樂窩汽車旅館招牌的大毛巾。」

「為什麼早不說？」白莎說。

「我現在不是說了嗎？」我告訴她。

宓善樓生氣地說：「先叫計程車。老天，我自己來叫。」

他走向電話，把話機拿起來，放在桌子上，用左手撥電話，拿起話機說道：「哈囉，我是總局的宓警官。我在克命德街二二六號。我要一輛計程車，要快，請立即來。」

他等了一下等對方確定。生氣地把話機放回去。

白莎，在屋裏穿來穿去，把身後的門弄得乒乒乓乓。許可蘭，同情又害怕，守著宓警官，不敢太近，又不敢太遠。

「讓我來看看那隻手。」她膽怯地說。

「還好祇是打在手掌的邊上。」宓善樓說：「大拇指底下一團糟。」他轉向我說：「這筆帳記在你和白莎頭上。是白莎推得我失去平衡的，否則我早就——」

我說：「白莎說不定救了你一條小命。」

他好像要咬掉我頭一樣。

我們聽到白莎的腳步快快自走道走來。她神氣地出示一塊上面有血漬的大毛巾。

毛巾上織著紅色的「安樂窩汽車旅社」字樣。

「就在這裏，好人。」她說：「我在她臥室套房污衣籃裏找到的。那婆子也真大意，混在污衣籃裏！」

我說：「她認為絕對不會有人來搜她屋子的。白莎，找個紙袋把它裝起來。這是證物。裝起來之前，先找支鋼筆，在毛巾的角上簽上你的名字，將來可以作證，是這條毛巾和你是在那裏找到它的。」

宓善樓說：「不必費心了。假如這裏有什麼證物。當由我來處理。」

我說：「我們千萬別在這上面再黏上你的血漬，警官。你手上還在流血。這上面的血漬是必須保護的證據。」

他怒視我說：「我可再也不聽你任何建議了，唐諾。你跟我一起去總局。我要關你起來。一開始本來我應該這樣對付你的。然後我再來對付這兩個女人。」

「隨你。」我說：「新聞記者會圍了你轉，急著問你，你怎麼會受傷的。」

「當然，我懂得怎樣告訴他們。」

我說：「白莎救了你的命，她把你推開，否則正好中彈。」

「你在亂說什麼？」

「白莎救你命呀。」我說：「假如你認為報紙這樣登出來，對你合適的話，你就——」

的下巴，打得粉碎。」

「白莎沒有救我命！」他說：「她推我一把使我失去了平衡。那女人才有機會得逞。白莎！你今後再要把爪子碰我一下，不管你是男人女人，看我不把你本來就突出來的下巴，打得粉碎。」

「你倒試試看。」白莎充滿敵意地說：「只要你有種。」

我說：「好，善樓，你想要個性，你吃虧是自找的。我們兩個攤牌的時候到了。你現在把我捉進去關起來容易，但是起訴我不可能。你自己真的會給同事糗一輩子。」

「去你的，至少有你陪我。」

「不見得。」我說：「我現在有足夠的證據。一個好律師可以把我弄出來。」

「我看不見得。」宓善樓說：「你發現齊蜜莉大腿上有一個彈孔又如何？」

我說：「好，你現在對付她也許證據尚不夠。但是，對付我夠了嗎？」

「誰說不夠。」

「不夠，善樓。齊蜜莉說那個女孩怎樣把兩隻手捧住我臉，把我拉近她，吻我，表示她知道當時是怎樣情況的。她是在窗外偷看呀。」

「那個女孩有沒有把手捧著你的臉？」

「有。」

宓善樓仔細前前後後想著。

我說：「齊蜜莉曾經到過安樂窩汽車旅館，這件事已經證明沒有錯了。對付盛蜜妮的餌，是她佈在那裏的。盛蜜妮是個很好的對象。有人抓住了些她不願她丈夫知道的事。逼得她太兇了。她想出一個辦法請傅東佛出面假裝是她丈夫，希望勒索者失望而退。」

「這些你都說過。」

我說：「有些事出了軌道。實況也許是這樣的。傅東佛拿出他的手槍。女傭蘇珊衝向他。齊蜜莉轉身。蘇珊用什麼東西打傅東佛的頭，傅東佛自然反應扣了槍機，子彈打中齊蜜莉屁股。盛蜜妮想逃走。蘇珊拿起傅東佛的槍給她腦後一槍。如此一來，兩個女人欲罷不能了。她們補了快要爬起來的傅東佛一槍。匆匆決定要把屍體做成謀殺自殺局面。但是，三下槍聲，房裏祇有兩顆子彈，總將露出馬腳。最後她們想出了放一顆額外子彈進衣箱的把戲。

「衣箱在地上，是打開的。上衣可能在打開的衣箱上面。盛蜜妮脫下上衣，表示自己和丈夫在旅館裏，穿著不必太整齊。齊蜜莉從浴室拿塊大毛巾，使血液不致流到地上。她們把箱子關起來。為了使箱子關上，匆匆的就把隨便放置在面上的上衣壓進了箱子。變成皺皺的一團。她們離開旅館，開車出去遠一點，對箱子開一槍。自手槍中拿掉一個空彈殼。這樣警察會以為傅東佛本來祇裝了五顆子彈。她們回到旅館，把衣箱放回去。女傭蘇珊從裏面把房門鎖住，從窗裏爬出來。兩個人回家。」

宓善樓無精打采地說：「我對你的純推理，已經沒有多大興趣了。根本祇是推理，我要向總局交代，我不能憑推理，我一定要呈上證據。」

我說：「這不是純推理。這是真的發生的事實。我現在先告訴你，因為，我早晚要向記者發表的。」

「干我屁事。」

我說：「怎麼會不干你事？至少表示你走錯路了。明擺著的哈雪儷謀殺案不去偵破，反倒死扣著一個無辜的納稅人，因而讓自己手給女人射傷了。連警車也丟了。全市都會拿這件事當笑談。下次有人用閃光燈給你照相的時候，你應該想到，報上的頭條新聞：『女兇嫌槍傷警官。用警車逃亡』。」

宓善樓又想了一陣。他腦中映出報上的消息，和自己尷尬的相片。也許他還想到局長召見他，報紙在桌子上。

我說：「你現在的情況衹能進，不能退。多想想我的建議——」

「好，」宓善樓討厭我地說：「你要做主角，你說吧。以前也有過一二次聽你話沒有聽錯。你有什麼建議，說吧，我聽聽，總沒有錯。」

我說：「先把手銬拿下來——」

「談也不要談！」

我說：「我們來用點腦子。這個叫鄧默斯的人，一定在這件案子裏面。從盛蜜妮要我們跟蹤他，我們可以知道，他一定是負責聯絡的人——一定是的。再看齊蜜莉和她的女傭，也在勒索案裏面，這次出了差，變了謀殺案。她們現在要亡命了，要逃走了。但是離開本市前，她們會先去鄧默斯那裏找鄧默斯。三個人研究到底一起逃離本州還是串通好了口供，自首打官司。兩者對你都是不利的。」

「你祇是不斷講了又講，」宓善樓說：「我叫的計程車怎麼還不來？」

計程車好像就在等他一問。話音才完，門外喇叭聲起，表示車子已到。

宓善樓自椅中站起：「好吧，大家一起去。」

他用左手手指抓住我的手臂，說道：「走了，聰明鬼。」

我把背挺直，說道：「你真這樣決定，我無所謂。可惜你要肯聽我建議的話，你可以開你自己警車回警局，把哈雪儷兇案真兇帶回去，而且連安樂窩兇案也偵破了。」

我感到抓住我手臂的力量減少了一點。

我又說：「對你有什麼損失。你可以把槍抓你左手裏，我要逃跑，你可以開槍。你把手銬給我拿掉，我帶你去找鄧默斯。」

門外計程車又在按喇叭。

「而且帶你到你警車停著的地方去。」我又加了一句。

他說：「你要真知道那麼多，第一步你要帶我到我警車停著的地方去。手銬在你手上，我看正合適。你要再對我耍花巧，我把你牙齒打掉，不准你吐出來。那一位小姐出去叫計程車不要老按喇叭。」

許可蘭快跑出去通知駕駛。

我對善樓說：「鄧默斯晚上十一時從溫契斯特大旅社遷出。時間正好從安樂窩回到市區的樣子。這個時候辦遷出也夠奇怪。好的火車早已離站了。夜班機也正紛紛準備起飛。但是鄧默斯沒登上機場巴士，也沒乘計程車。看門的記得很清楚。他不記得鄧默斯，但是記得他行李。一起三件。

「僕役說鄧默斯付了房租，由小弟把行李拿到大門口。看門的記得行李就在門口。他瞥到鄧默斯一眼，然後他協助別人上車，一回頭，鄧默斯不見了。」

「走到別的出口，乘計程車走了。」宓善樓說。

「不太可能。」

「你想他哪裏去了？」

我說：「打個賭，萬一你的警車停在溫契斯特大旅社附近，你肯不肯拿掉我的手銬，放我一馬？」

宓善樓猶豫著。我看得出，丟掉警車，一定是十分大的糗事。

我說：「我要把你帶到你車停車的地方，而且——」

「我們先去那裏看了再說。」他說：「沒見到車，暫時什麼都不談。老實說，我還是應該先帶你去總局，但是我不願意回去報告說把車弄丟了。」

我說：「好，走吧。」

我們大家出門，登上在等候的計程車。「溫契斯特旅社。」我說：「到了附近在四周慢慢兜圈子，叫你停才停。」

第十六章　雞尾酒廊的內室

兩條街不到溫契斯特旅社，我們看到了宓警官的警車，停在一個路邊消防栓旁。宓警官的叫聲，充分表示積壓在心的情緒得到了滿足的解放。

「就停在那裏。」他告訴計程駕駛。計程車靠邊停下。

宓善樓用沒有受傷的手把計程車門打開，走到警車前，看到鑰匙在車上，把鑰匙拔出來，放進口袋，笑了笑，走回計程車。

「白莎。」宓善樓說，把受傷的右手舉高，以免車門撞到他：「手銬的鑰匙，在我背心右下口袋裏。」

白莎把他未扣的上衣下襬拉開一點，伸手在他背心口袋摸索。上裝袖子移動了一下，宓善樓畏縮地把大拇指再抬高一點。

白莎把鑰匙放進手銬，把手銬拿掉。

宓善樓說：「不要忘記，你還是被捕狀態。我祇是放鬆你一些。」

計程司機問道：「什麼人付我車錢？」

「他們。」宓善樓說。

我給白莎做個眼色，白莎不願意地打開皮包付了車費，也給了小帳。

「現在怎麼辦？」宓善樓問：「我們是不是等他們回來？」

「他們不會回來的。」我告訴他：「他們知道用搶來的警車，跑不出市區的。」

「好，你說怎麼辦？」宓善樓不耐煩地說。

我說：「你跟我來。」

宓善樓蹙眉，猶豫，內心躊躇了一秒鐘，追上我先跨出的一條腿，並肩跟著我。

「不要耍花樣。」他警告我。我們一聲不吭走到溫契斯特大旅社。

「你不會以為他們住在這裏吧？」宓善樓問。

我說：「先看看背景，她們兩個女人知道有人會追捕她們，她們絕望，一心祇想逃亡。再說鄧默斯遷出的時候，也是這種心情，他匆匆忙忙，一心要逃亡。他和他的一大堆行李竟然會失蹤。好像阿里巴巴一樣說不見就不見了。善樓，我們是在和一批有組織的勒索集團鬥法。他們有消息收集人，接觸人，收款人。絕不是偶然發現一件秘密的外行客串案件。」

「少推理，快說你想的結果。」宓善樓說。

我說：「來，這裏來。」

我把雞尾酒廊的門打開。

經理站在房間的中央。他既可看到酒廊通旅社大廳的門，也可以看到開向大街的門。

他向我們走過來，鞠躬。首先看看宓善樓，看他用手帕包紮的右手。再看向我，他記起了我是什麼人。

我說：「我想你還認得我，是嗎？」

他做了個完全空白的表情。

我說：「你用水加橄欖收了我雞尾酒的錢。」

他說：「證據在哪裏？」

「沖下水溝去了。」我說。

他說：「少自以為聰明。」兩隻眼睛看定在宓善樓受傷的手上。

我說：「好，我們幾個要喝酒，希望酒能比上次的好一些。」

我走向一個卡座。我們四個人坐下來，宓善樓一心的不願意。

經理離開。

我很輕聲地說：「可蘭，快，跟他去。要是他打電話，試試能不能弄到電話號碼。」

可蘭自卡座的桌後溜出身來，看起來是個文靜、高雅的女士，要找洗手間用一下。一點不起眼的盯著經理，跟了下去。

「你認為他也是一份子？」宓善樓懷疑地問。

我說：「我在找鄧默斯的時候，在這附近有問題。再說傅東佛和盛蜜妮在他們去汽車旅館之前，曾在這裏喝過酒。」

「這兩件事，也能稱為線索嗎？」宓善樓生氣地說。

我說：「把你警車弄回來，也是靠這兩個線索呀。」

宓善樓不吭氣。

我說：「我對車子，早就想到，不在這裏，就一定在卡巴尼塔夜總會。我先試這個地方，因為這裏近一點，也容易把警車處理一點。但是我還不能確定，人會在這裏，還是會在卡巴尼塔。」

宓善樓扭了一下嘴角，忍受下手上突發的疼痛。爆炸引起的麻木，已經過去了。破碎的骨頭，每次他動一下上肢，都會引起很大的刺痛。

白莎同情地說：「你先來他一大口，會好一點的。」

宓善樓說：「你說得有理，我們快叫酒保來。」

「我去找他，」我說：「你要什麼？」

「白蘭地，雙份。」他說，把頭靠向卡座椅背上。他的臉有點蒼白，眼睛閉起。嘴角泛起痛苦的表情。

我從卡座走出來，向前走了六步。宓善樓突然把眼張開來，直直看看我：

「嗨！」他說：「你不要去，讓白莎走一次。你回來。」

什麼地方有女人喊叫的聲音。

是有人嘴巴被摀住叫出來的聲音。來自吧檯的後方。

我向吧檯衝過去。酒保說：「裏面你不能去。」

我看到一扇開著的窄門，門裏祇有樓梯。我向裏衝。酒保伸手一把攫住我上裝的肩部。我側腳一下重重踩在他膝蓋上，掙脫他的糾纏，自樓梯向下跑去。酒保警覺性很高，反手把窄門關上，門裏不論發生什麼聲音，上面的顧客就聽不見了。

我到了地下的儲藏室。全是儲酒的架子。沒有許可蘭的影子。

酒廊經理正在把自己的身體通過另一扇，開在儲酒庫底下的小門。他看到我的出現，怒火自眼中冒出。

「你來幹什麼？」

「那個叫救命的女人，哪裏去了？」

「我不知道，她上樓了。這裏是不准別人進來的，請你出去。」

「你去哪裏？」我問。

聽到樓梯頂端發生了騷動，他急急說：「你是來搶東西，我一定要自衛了。」

他把右手伸進上衣裏面。

我抓起一隻酒瓶，向他頭上擲過去。

酒瓶沒有打到他頭，但擊上了水泥牆。香檳從破碎的瓶子四散出來，噴到他臉上。他用左手上臂向上抬起，順便弄乾眼睛附近的酒沫。他的右手仍在上衣衣襟裏。

我用全力向他衝過去。

在我身後，我聽到有人一腳把小門踢破，打開。很多重重的腳步聲自樓梯上下來。

酒廊經理突然知道情況對他不利。把手自衣襟中拿出。

宓警官和柯白莎從樓梯來到地下室。

「你為什麼想逃跑？」宓善樓問我，臉色蒼白得像張紙。

「那女人哪裏去了？」我問經理。

「她回到樓梯上去了。」他回答。

許可蘭從角落裏一排蛛網滿佈的酒架後，一手擋在臉前，伸出一個頭來說道：「笨蛋。他看到我之後，我嚇得叫了出來，馬上向上逃。他以為我不會再下來，就向後面走去，我偏又走回來躲在這裏。我要看他想幹什麼。」

「你們搞什麼？」經理生氣地道：「我要找律師告你們。幸好我沒有開槍，我以為是搶劫。我正準備自衛呢。警官，我要你負全部責任。」

宓善樓已全身無力，他慢慢走向我。他說：「賴，我對你已經受夠了。你——」

我把頭一低，很快速度，像一陣風，從酒廊經理胯下竄進開著的那扇小門。

我聽到宓善樓大聲怒吼：「抓住他！」身後腳步聲起。

經理大叫：「你不能進去！」又加一句：「我來抓他。」

我已經進入一間佈置成公寓狀的房間。顯然是旅社給某一下級人員的寢室。傢俱都是便宜的劣等貨。裏面有新鮮的菸味，一個菸灰缸，還有一縷香菸在裊裊上升。

我彎腰看看床底下。

我看到裙子，一隻女人的腿，然後是齊蜜莉生氣的眼睛。

騷動的聲音，使我不得不抬頭向上看。

鄧默斯正用一根球棒揮過來。我低頭逃過一擊，趁勢捉住他的腿，棒子打到我肩膀。一陣麻木。鄧默斯和我同時倒向地上。兩個人扭作一團。

齊蜜莉自床底下爬出來，一面叫，一面抓住我一把頭髮。酒廊的經理一進來先踢我一腳。然後是白莎勇猛地參加混戰，如入無人之地。

我聽到宓善樓大叫：「不要打了，不要打了。」然後我看到白莎多肉的腿晃過我的面孔，一腳踢到壓在我身上鄧默斯的下頜上。「這種裙子好看不好用。」白莎說：「要拉起那麼多來，才能踢這狗娘養的一腳。」

第十七章　死亡證明書

我走進辦公室的時候，柯白莎嫌惡地瞪了我一眼。

「你死到哪裏去了？」

「把一些零星的線索湊湊整齊。」我說。

「鬼個零星線索！」白莎生氣道：「你是和姓許的小狐狸出去。談情，說愛！她認為你是大英雄。」

我說：「我認為假如不被記者找到，不發表意見，對善樓會有些好處。」

白莎嗤之以鼻，說道：「我知道你又自以為愛上這妹子，急著表現范倫鐵諾了。」

「有什麼事告訴我嗎？」我問。

白莎說：「好人，你推理的方向是正確的。酒廊經理就住在地下室寢室裏，那房間本來是要給酒廊打雜住的。他包下旅社的酒廊部份。當然他要住誰也不管。他是勒索集團中的一份子。

「艾包伯似乎也有一份。你知道夜總會本來是是非之地。有心人想要找勒索材料的話那種地方多得是。他們這些人不想真做這種可鄙工作，但是齊蜜莉樂此不倦，事實上過去五年來，她就是以此為生的。

「她開始向盛蜜妮勒索，實在是誰也想不到的。許可蘭為了討好她姨媽，無意地說到她們在海灘度假多快樂，多有意思，多荒唐。蜜莉刻意地套出一切內幕——」

我問：「有人承認了嗎？善樓使他們招供了嗎？」

「有沒有招供？」白莎用佩服的神情說：「你該看善樓工作多有效率。就祇能用一隻手，拿一根橡皮棒，把狗娘養的嚇都嚇死！」

「什麼人先招了？」

「信不信由你？」白莎說：「男人。」

「鄧默斯？」

「是的。」

「好，說了些什麼？」

「他們猛攻盛蜜妮。威脅要告訴她丈夫。鄧默斯約她在卡巴尼塔面談。蜜妮說星期六晚上她會在安樂窩汽車旅社付他們錢。她把旅館名字寫在卡巴尼塔菜單後面。哈雪儷事後溜到那個坐位拿到了那張菜單。勒索的人第一次沒有露面——怕了，也許。齊蜜莉要求次一週再安排一次。盛蜜妮求得傅東佛暫時冒充她丈夫盛丹偉。勒索者出現的時候，她大笑告訴他們，她丈夫已經知道她的逢場作戲，而且原諒她了。告訴他們，她丈夫突然從科羅拉多來這裏，她不得不告訴他一切。現在她反而非常快樂。

「大家有點爭執。鄧默斯失望於煮熟的鴨子飛了，向傅東佛動手動腳。傅東佛拿出手槍，一下失手，開了一槍，打進了齊蜜莉的屁股。」

「在傅東佛能開第二槍之前，鄧默斯已把槍搶了下來。」

「傅東佛做了一生最大錯誤決定。他衝向鄧默斯，鄧默斯給他兩眼之間送了一顆衛生丸。盛蜜妮轉身要逃，也逃不了厄運。」

「衣箱呢？」我問。

「正如你所說。他們對第三顆子彈要有交代。」

「哈雪儷怎麼回事？」

「他們想和她商量商量。她一直在注意這些勒索集團的人。所以勒索集團的人也在看守她的房子，希望她出來的時候可以逮住她談談。你突然出現在那附近，那兩個女人跟蹤你到房子側面，之後，也進了她臥室。」

「你是說齊蜜莉和蘇珊？」

「是的。但是唐諾，我看你真笨。你為什麼不回頭看看，反而讓兩個外行的女人跟上你呢？」

「有女人在臥室穿衣鏡前面脫衣服的時候——叫我回頭？門都沒有！」我說。

白莎歎口氣，搖搖頭：「有一個男性的合夥人，就有這種缺點。我應該給你買一付立體望遠鏡的。」

「也許主意還不錯。」我說：「是她們兩個跟蹤我，是嗎？」

「不是，她們是在守望這幢房子。」

「我知道。不過我在那附近出現後，她們跟蹤我。」

「是的。她們怕哈雪儷。她們不知道她是什麼來路。為什麼注意她們。她們以為她是偵探。後來，安樂窩事件後，她們從報上知道，你曾在現場附近。另外有一個女人和你在一起。她們從報上看到哈雪儷身材的形容。她們一再發現哈雪儷出現在她們工作的地點——夜總會、雞尾酒廊。她們不知道她目的。她們從很近的地方觀察你們。從開著的臥房長窗，她們能聽到她告訴你所有的話。當她告訴你安樂窩汽車旅館裏，三聲槍響之後她聽到房裏還有人在移動，她等於自己給自己簽了死亡證明書了。」

卜愛茜在房門上輕敲兩下，說道：「保險公司協調人來了。他想見賴唐諾。」

白莎的臉上泛起漂亮的笑容。

「把那位紳士請到裏面來。我們兩個可以好好和他談談。」她胸有成竹地說。

相關精彩內容請見《新編賈氏妙探之13 億萬富翁的歧途》

新編賈氏妙探 之12 都是勾搭惹的禍

作者：賈德諾
譯者：周辛南
發行人：陳曉林
出版所：風雲時代出版股份有限公司
地址：10576台北市民生東路五段178號7樓之3
電話：(02) 2756-0949
傳真：(02) 2765-3799
執行主編：劉宇青
美術設計：吳宗潔
業務總監：張瑋鳳

出版日期：2023年5月 新修版一刷
版權授權：周辛南
ISBN：978-626-7153-99-4

風雲書網：http://www.eastbooks.com.tw
官方部落格：http://eastbooks.pixnet.net/blog
Facebook：http://www.facebook.com/h7560949
E-mail：h7560949@ms15.hinet.net
劃撥帳號：12043291
戶名：風雲時代出版股份有限公司

風雲發行所：33373桃園市龜山區公西村2鄰復興街304巷96號
電話：(03) 318-1378
傳真：(03) 318-1378
法律顧問：永然法律事務所 李永然律師
北辰著作權事務所 蕭雄淋律師

行政院新聞局局版台業字第3595號 營利事業統一編號22759935

定價：299元

國家圖書館出版品預行編目資料

新編賈氏妙探. 12, 都是勾搭惹的禍 / 賈德諾(Erle Stanley Gardner)著；周辛南譯. -- 臺北市：風雲時代出版股份有限公司, 2023.04 面； 公分

譯自：Bedrooms have windows
ISBN 978-626-7153-99-4（平裝）

874.57 112001836